孫永行 編著

壽國四字刀百招集

丙申春月黃錫全題

齊魯書社

賀永行新書

壹佰單捌英雄集結
肆字齊刀壽譜大成

丁酉荷月 志强

齊國四字刀有兩種、一是「齊之大刀」、一是「即墨大刀」、前者屬於我們所分之甲型、與即墨之大刀、安陽之大刀同類、其特點是刀之外緣斷於與柄相交處、面文為國名或地名加「之大刀」三字、背面上方為三道橫紋、有護幕、背文二字者有「大昌」、一字者有上、刀、日、卜、十等、始鑄年代我們推定為春秋中晚期、「即墨大刀」俗稱小四字刀、屬於我們所分之乙型、其特點是刀之外緣仍斷於與柄相交處、同於甲型、面文為地名加「大刀」二字、然背面上部無三橫紋、也未見護幕、個體相對較小較輕、大小不一、製作相對粗糙、背面或無文、二字者有「大昌」、一字者有工、昌、日、上、刀、十等、始鑄年代推定為戰國早中期

兩種四字刀過去雖有著錄、但數量種類有限、尤其是小四字刀、其中還有很多問題沒有解決、如鑄行時間問題、其與各種

目録

編輯説明

一、齊國四字刀是指面文有四個字，爲齊國境内所鑄造的一種刀形貨幣，按面文和形狀分爲『齊之大刀』（俗稱『大四字刀』）和『即墨大刀』（俗稱『小四字刀』）兩類。就鑄造工藝和精美程度而言，『即墨大刀』要遜色於『齊之大刀』。其中，『齊』指國名或齊國故都臨淄；『即墨』指地名，即今山東即墨。

二、『齊之大刀』鑄造和面文都十分規整。面文分布均勻，文字蒼勁有力，地章規整，重量也較爲統一。正面外郭脊背高挺，止於刀身與刀柄相交處。這種刀的鑄造年代當是齊國最早鑄行刀幣之一（約爲春秋晚期或戰國早期）。

三、學術界多認爲刀幣起源於凹刀、削刀，但對於刀幣起源於何時何地則有不同看法。就齊刀幣而言，哪一種出現最早，目前還難以論定，有待深入研究。本輯所收録第一枚『齊之大刀』（大四字刀），出自壽光，面文寫法特别，鑄造十分古樸，刀刃部無高挺邊緣，刀背厚實，背廓在身、柄銜接部斷開，刀尖尖鋭，其特徵近似於齊地所出古削刀，當是研究齊刀幣起源的重要依據。本輯認爲『齊之大刀』是齊國鑄行刀幣中最早的刀幣。

四、『即墨大刀』（小四字刀），面文寫法變化最大，刀型也不十分標準，有斷脊和不斷脊兩種。有的面文第二字特大，或許是鑄造者特意突出『墨』字。背文有二字『大昌』者，有七枚爲移範或疊字。目前已知八枚背文『大昌』存世，除本輯收録六枚外，在上海博物館和《沐園泉拓》各存一枚。面文『刀』的寫法多爲反向，正向者少，這在齊刀中也非常少見，值得深究。刀之背文内容較爲豐富。在齊刀背文中，除齊三字刀外，該刀背文變化爲最多。這種小四字刀刀身多狹小，銅質粗糙，省鑄

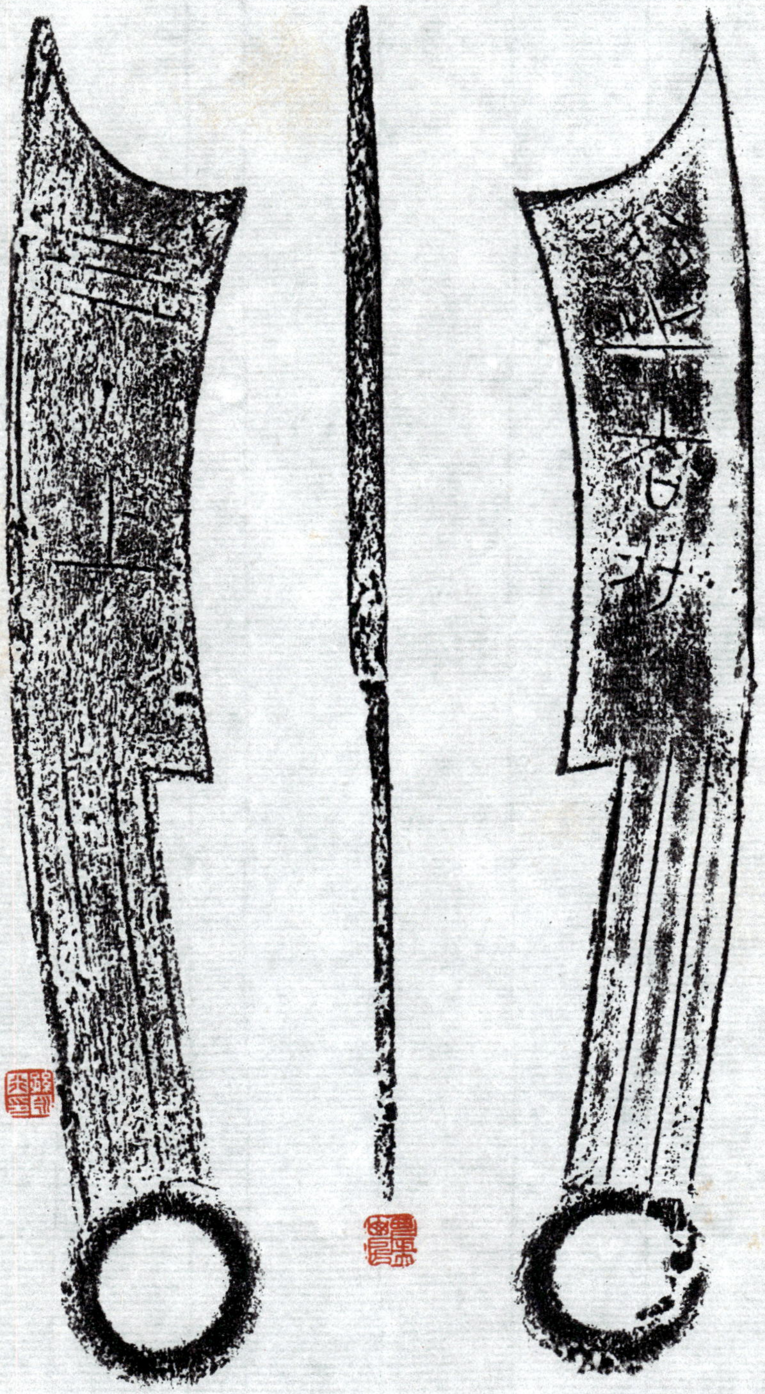

齊近杏廾 齊與之相距較近 廾字寫法於同類刀中僅見 二〇〇四年出自壽光紀臺 同出多為齊多字刀 通長一八·八釐米 重五七·八五克 為同類刀中最重者 外廓上端高凸 與棟斷開

此刀古樸奇特 疑為早期鑄造 難得一見

黃錫全

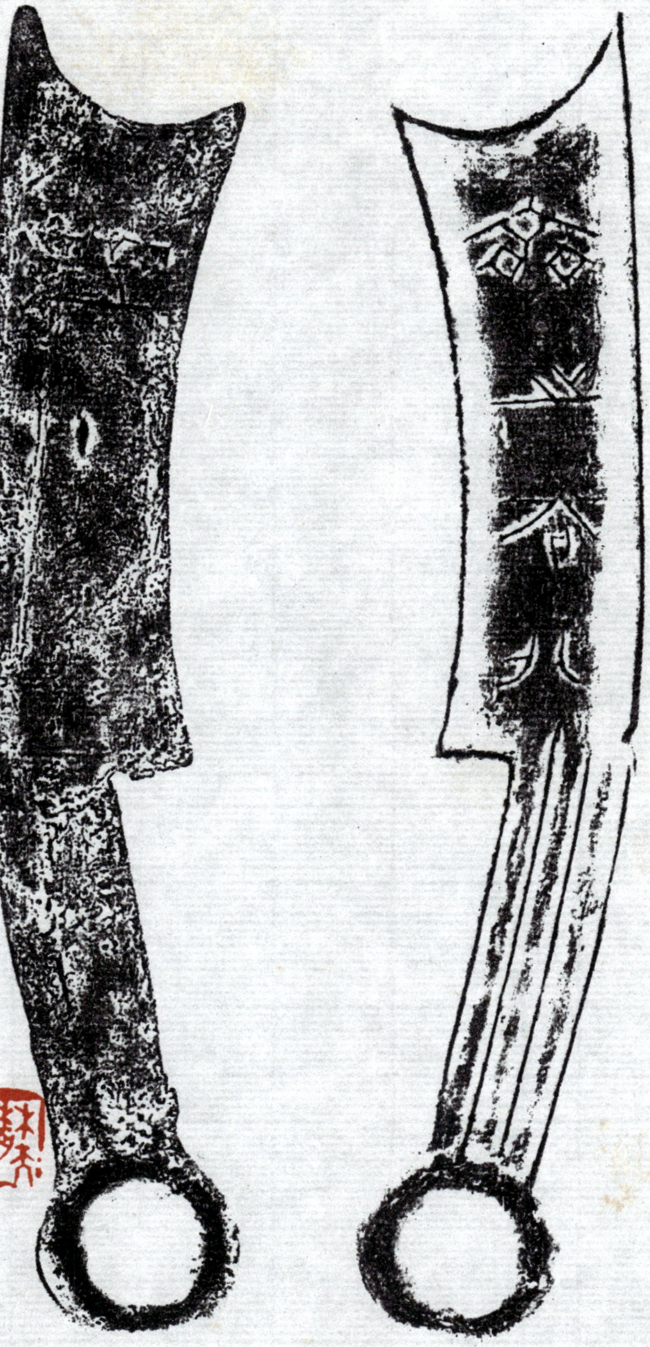

[illegible] 刀身弧度較大刀首内凹較同類刀為深

文字纖工整

通長一八·一釐米

重四五·三克

二〇〇四年出自壽光

同出多為多字刀

背面無文疑工匠漏刻

丙申黃錫全

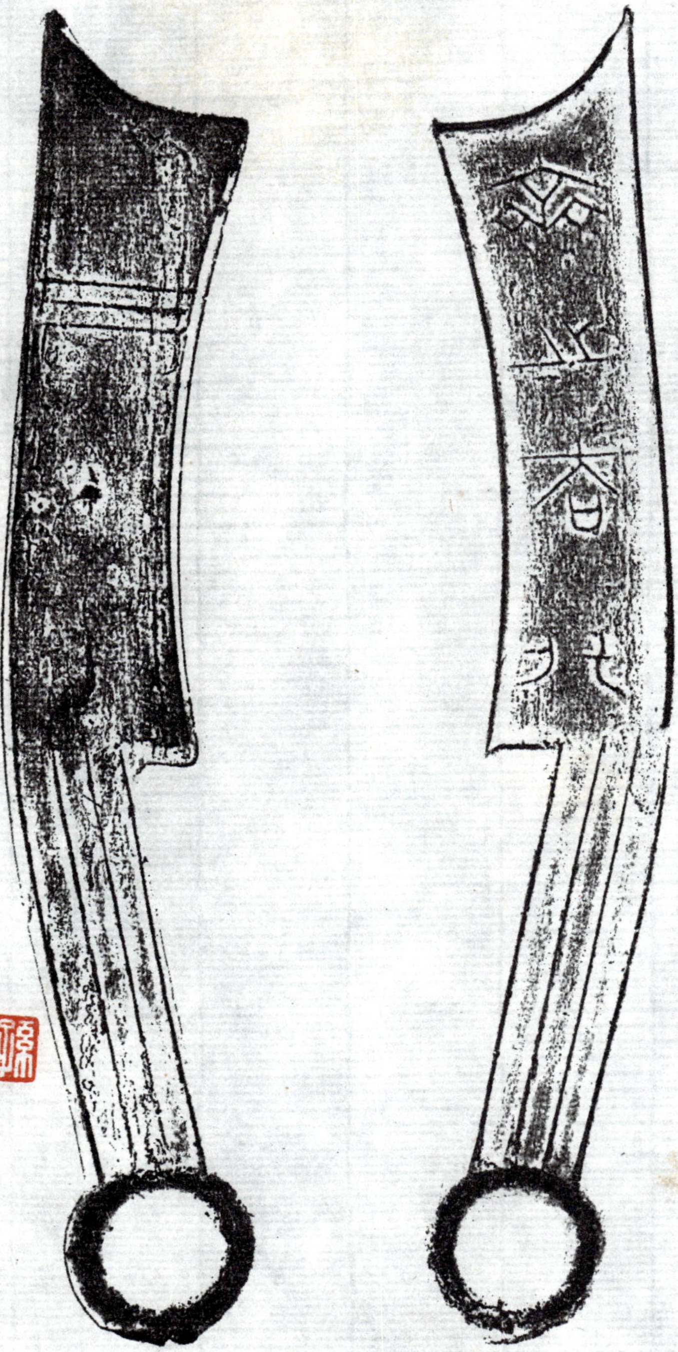

齊之大刀

臺灣劍花樓舊藏二〇一三年購入

通長拾捌點叁釐米

重肆拾壹點柒克

背面無文疑工匠漏刻

面部文字挺勁

丙申春黃錫全

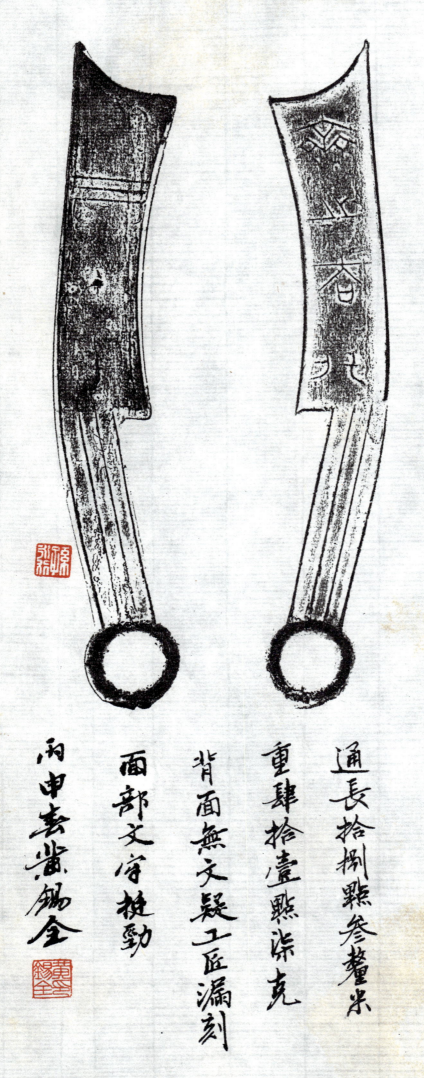

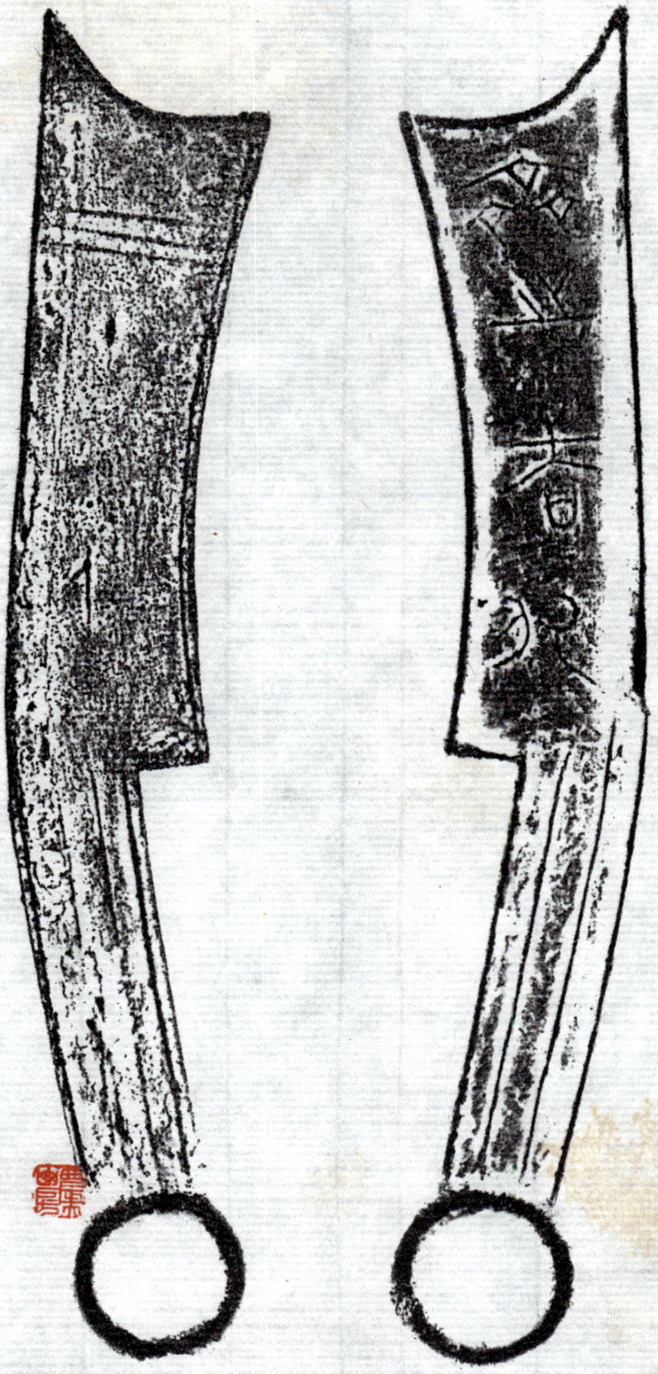

二〇一三年得自華夏古泉拍賣通長拾捌點伍釐米
重肆拾伍點壹克

齊之大刀

黃錫全

背文化罕見 首寬叁點壹釐米 環徑貳點陸叁釐米

齊之大刀 長拾捌點捌克重肆拾捌克背文亻

丙申春月
黃錫全鑑賞

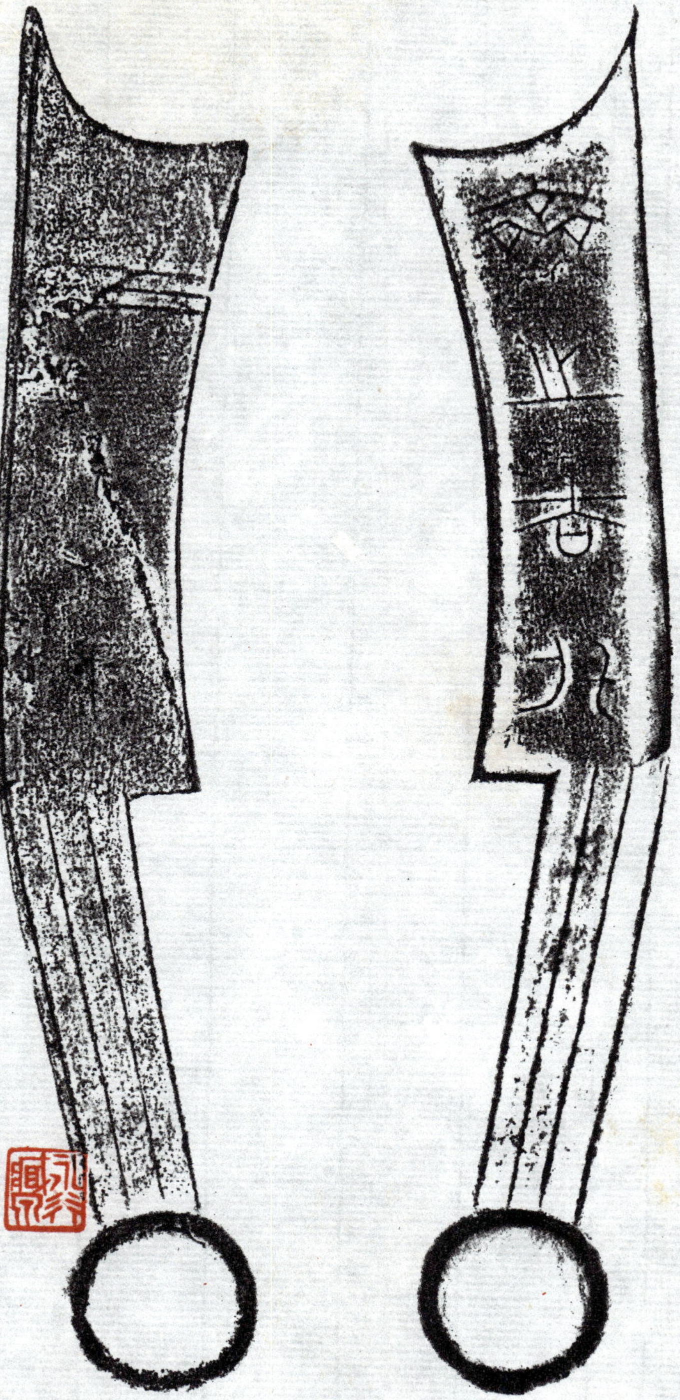

臺灣劍花樓舊藏 二〇一三年購自廣州品相極佳

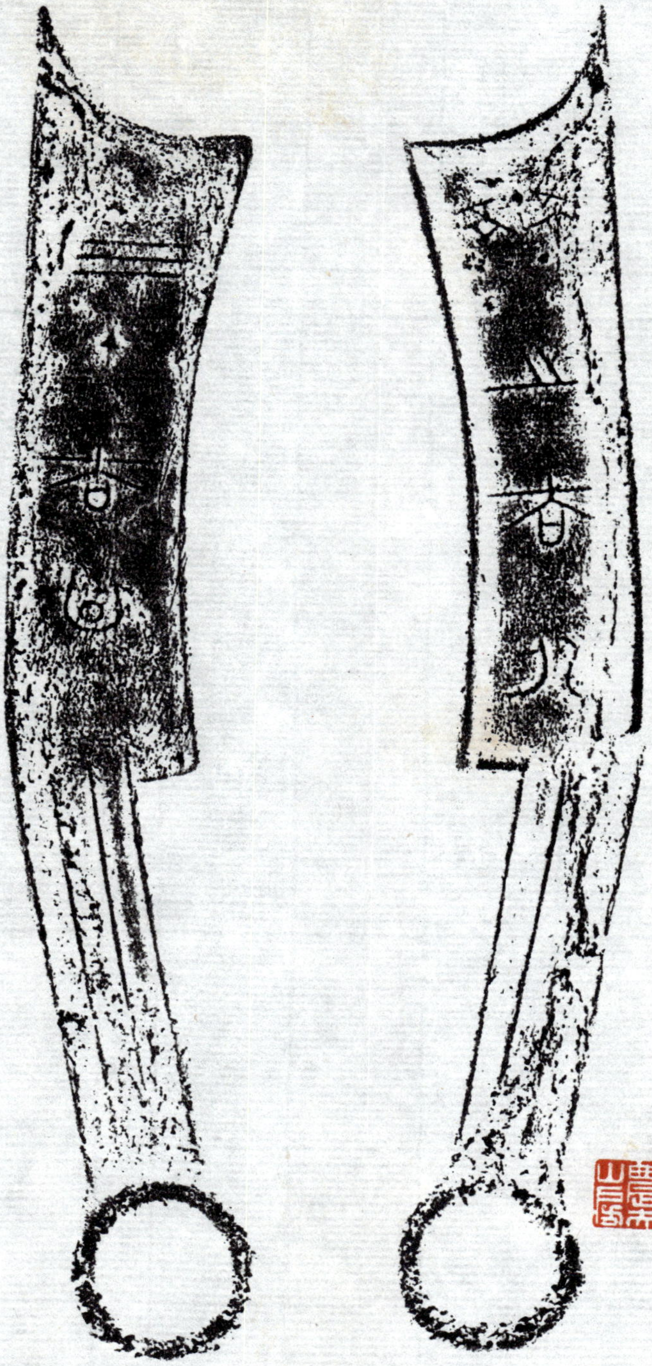

二〇〇四年傳出山東壽光紀臺同出多為齊大型多字刀約有數十枚通長一八·六釐米重四五·六克

文字較小規整背文杏甘即大昌

黄錫全

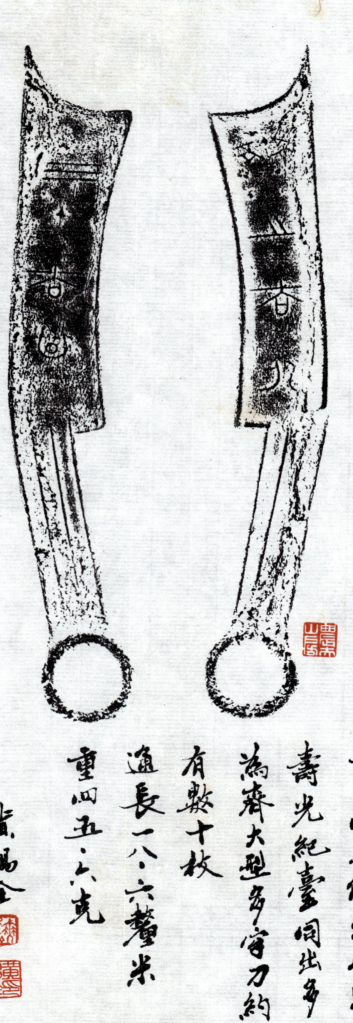

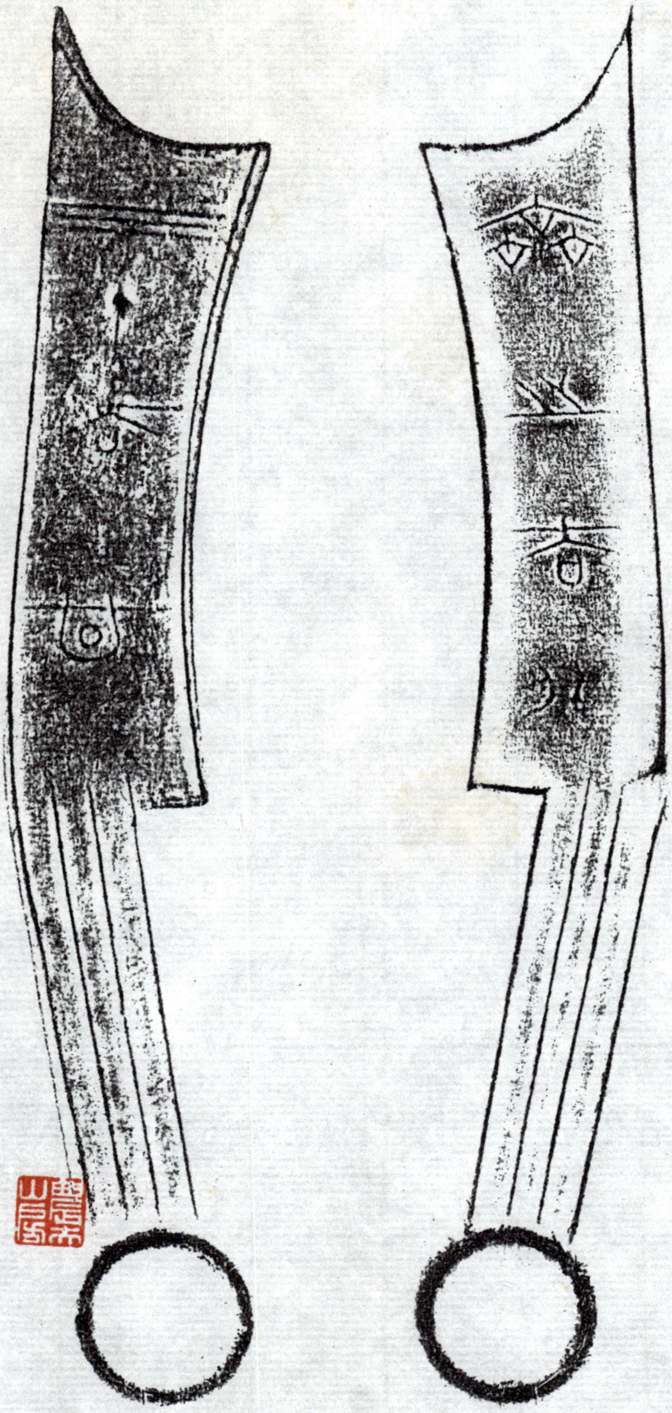

通長拾玖釐米重肆拾點伍貳克首寬貳點玖釐米

丙申年夏
黃錫全鑑賞

齊之杏化背文杏廿二〇一三年傳出臨淄環經貳點柒釐米

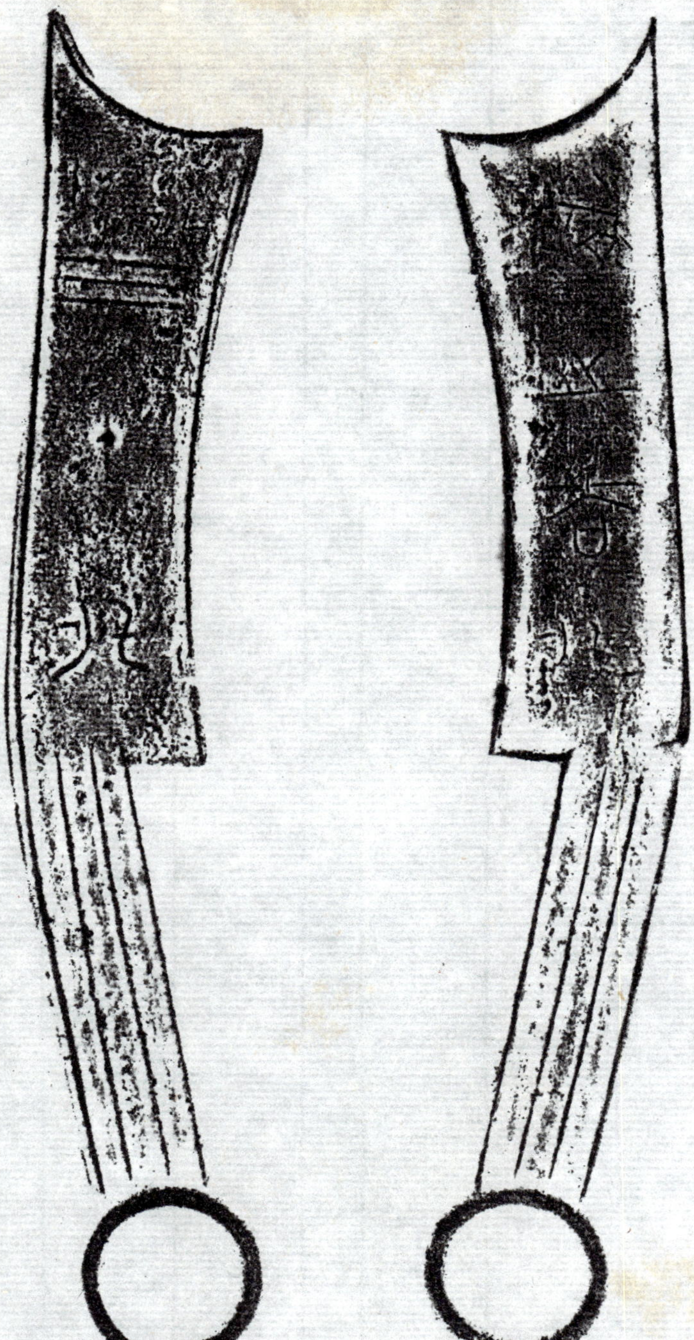

齊之法化

傳世品原為臺灣劍花樓所藏

通長一八．五釐米重四三．九克

背文化同面文即化完好無損

丙申秋月

叢鍋庵鑑

賞

齊之法化臺灣劍花樓舊藏通長拾捌點伍釐米

重肆拾貳點叁克背文化同面文

丙申夏月叢鍋金鑑賞

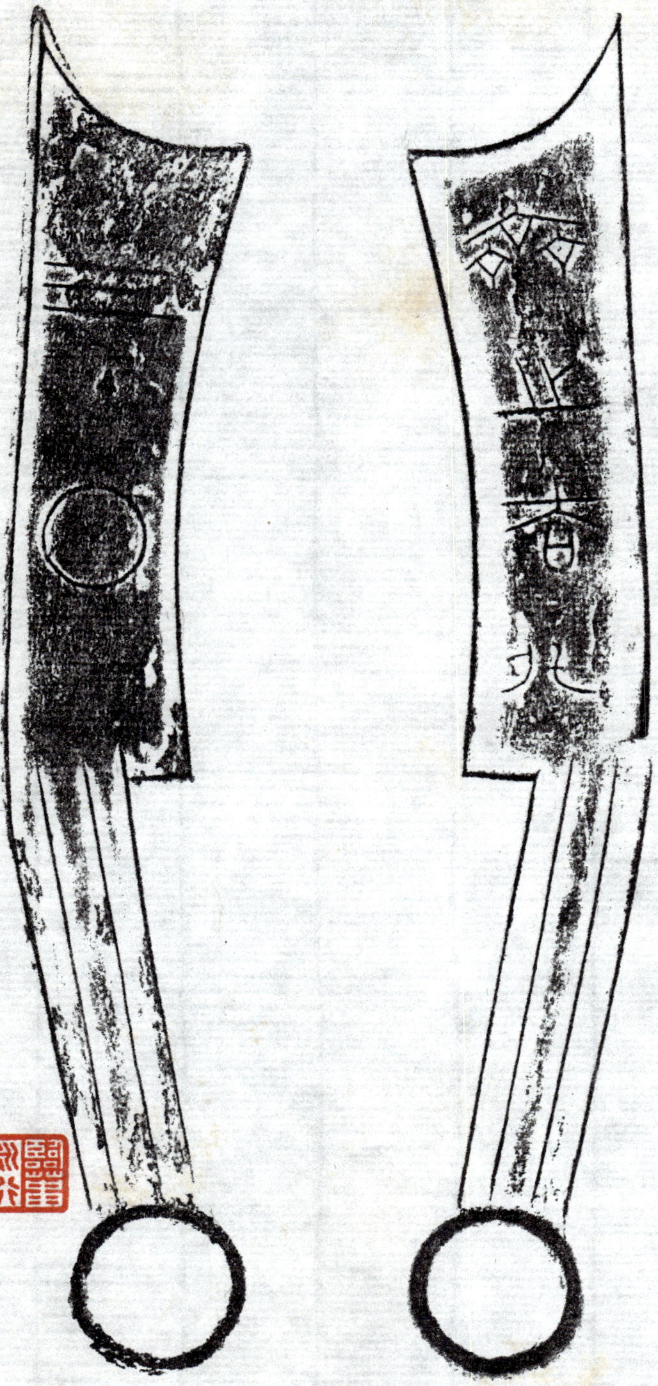

齊之杏化

通長拾捌點玖釐米

重伍拾點捌克

傳二〇〇四年出自高密

二〇〇五年得於青島

品相極佳

背文⊙或釋璧

黃錫全

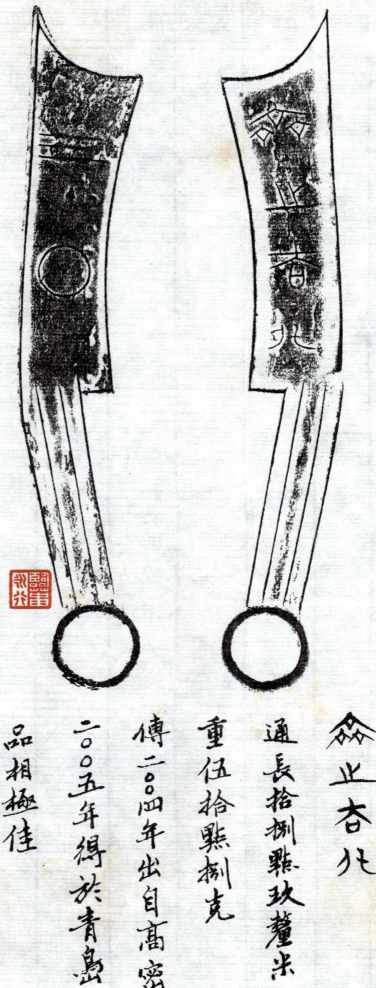

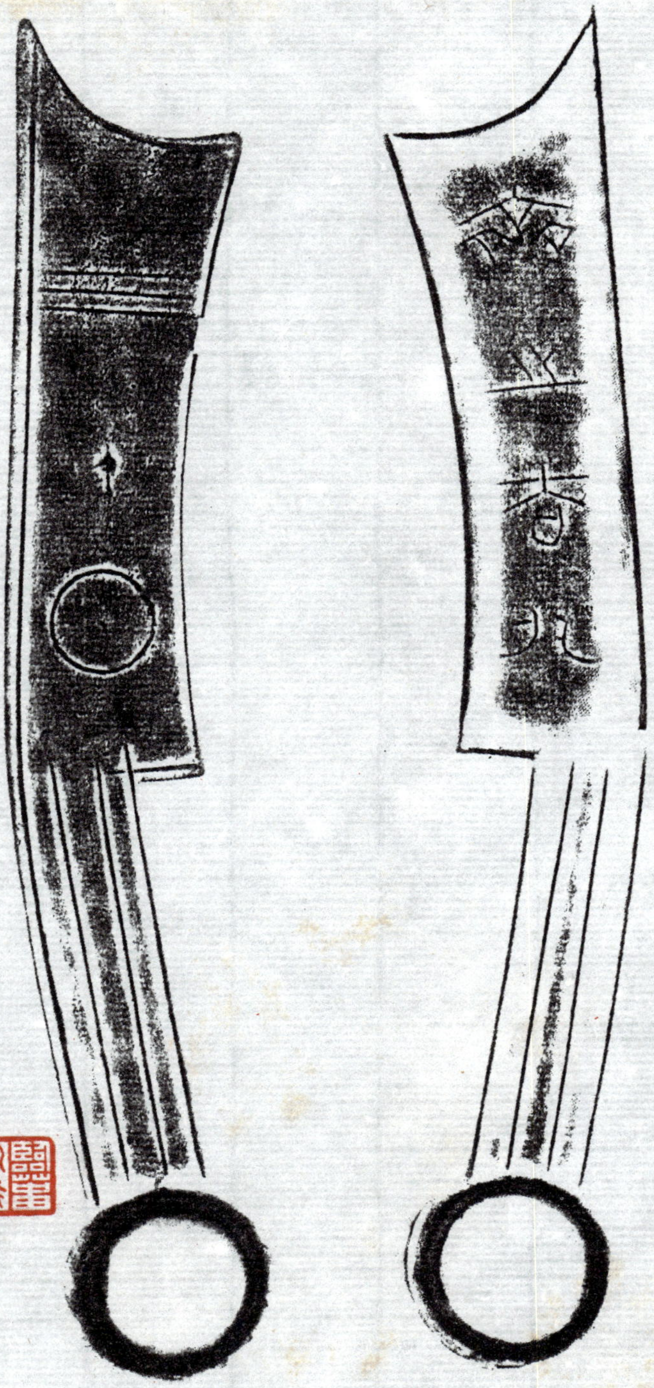

二〇一三年西泠拍品 重肆拾柒點捌克

丙申年秋
蕭鍇全鑑
賞

齊之大刀 傳世熟坑品相極佳背文⊙似璧

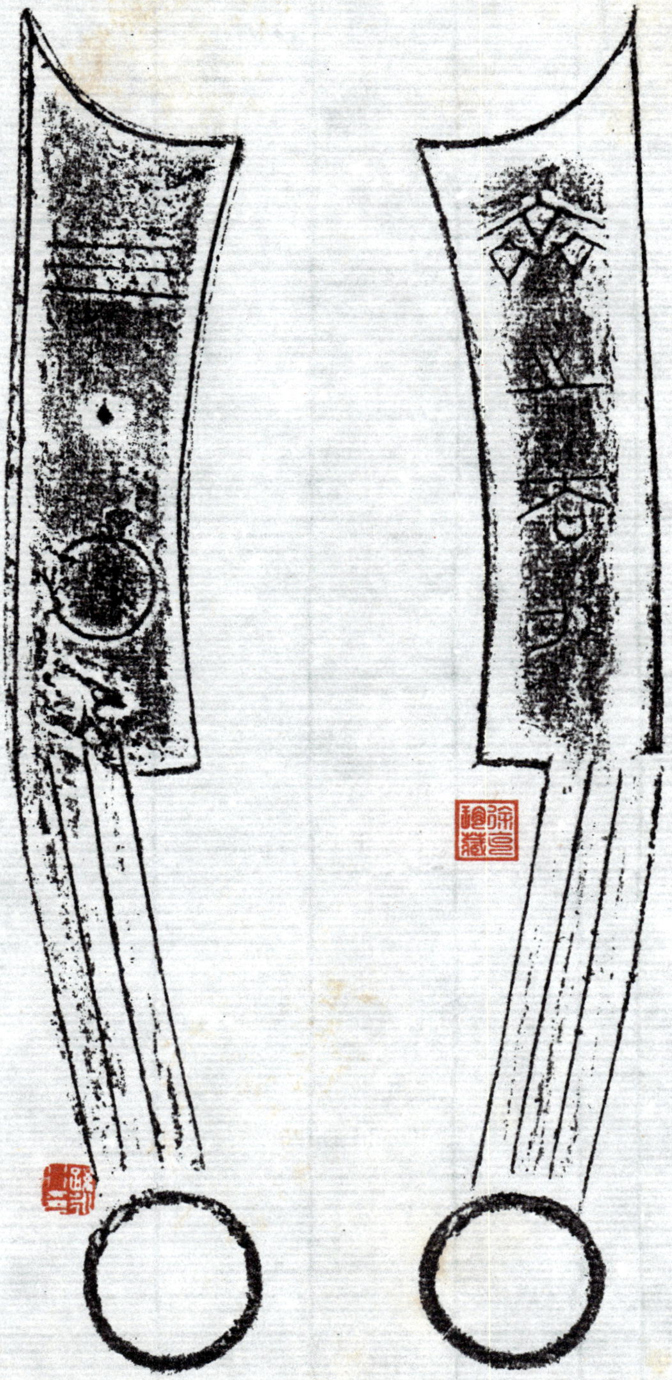

齊之大化背文⊙或釋璧

傳爲天津邱氏舊藏

老生坑二〇二二年得見

通長拾捌點伍釐米

重肆拾肆點玖克

丙申夏月蔡錫金

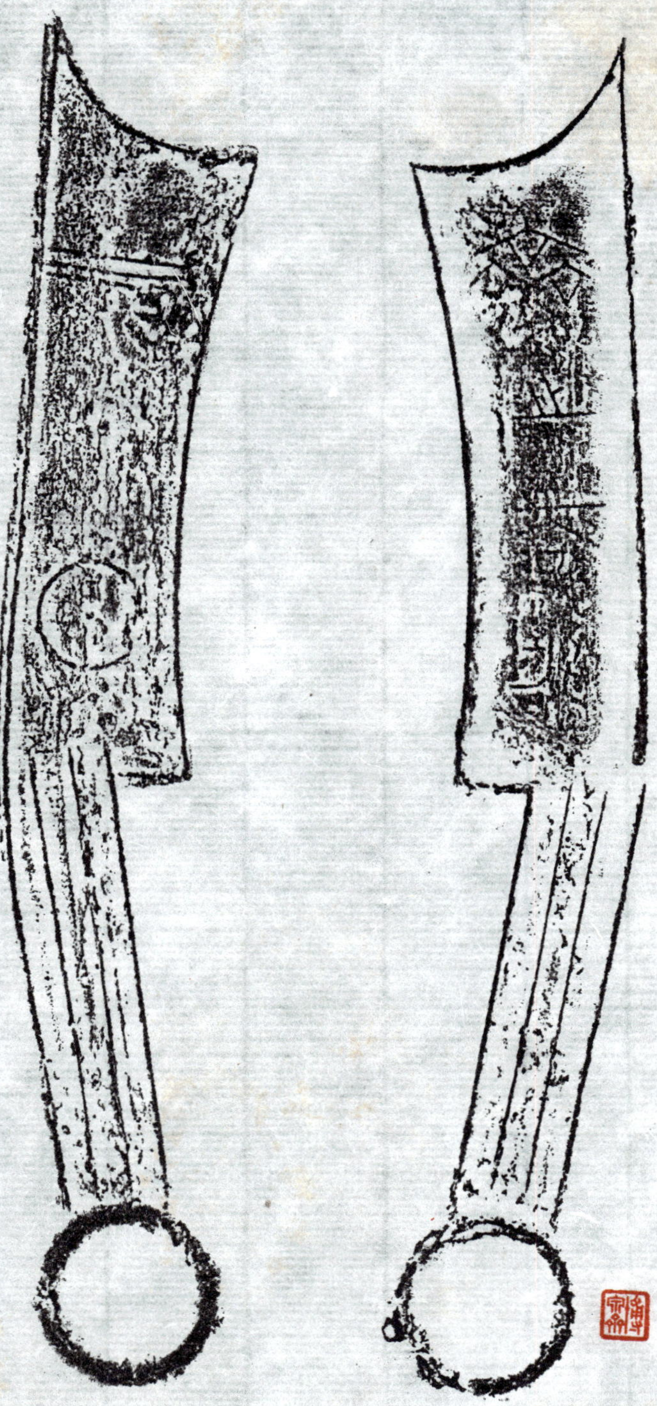

通長拾捌點陸釐米重肆拾貳點伍捌克

刀首叁釐米

環經弍貳點陸叁釐米

二〇一五年得見青島

傳自日本回流品

現藏煙臺泉友處

背文⊙或釋璧

齊之大化

黄錫全

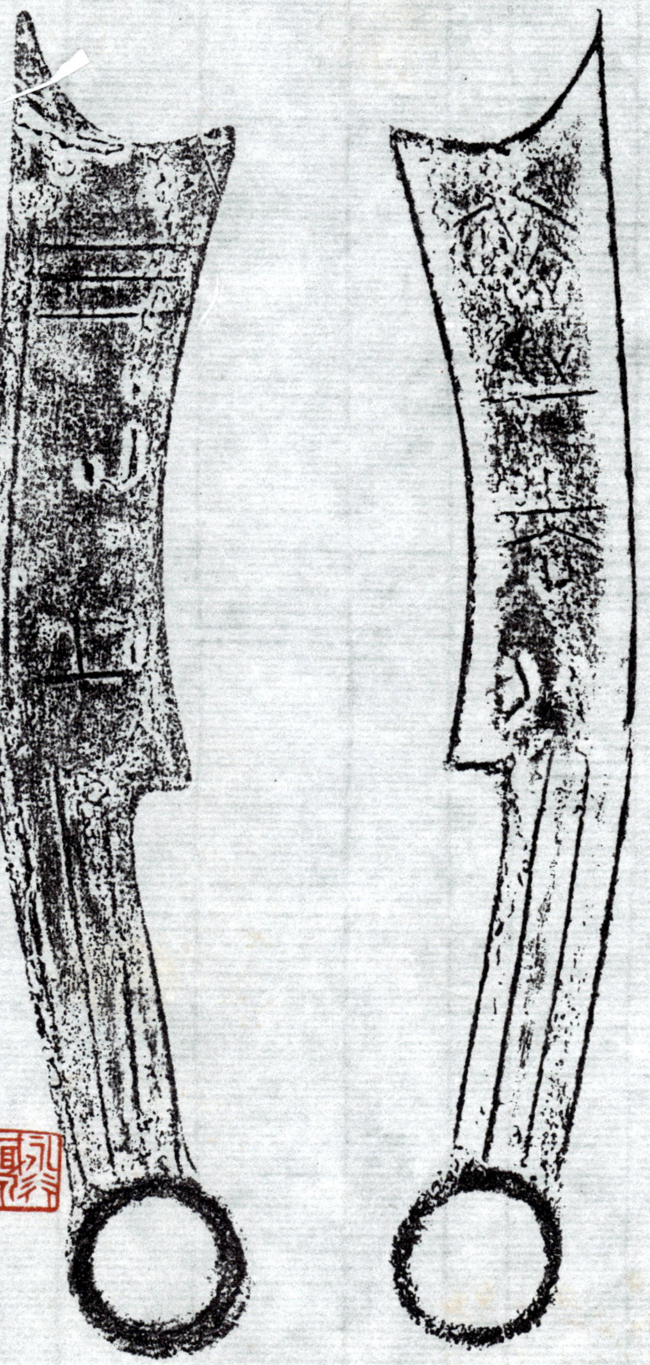

齊之大刀
二〇〇九年出自高密
通體黑泥狀銹
刀首內弧較大
重肆拾貳點玖克
刀脊斷刀柄處較凸出
丙申春黃錫全

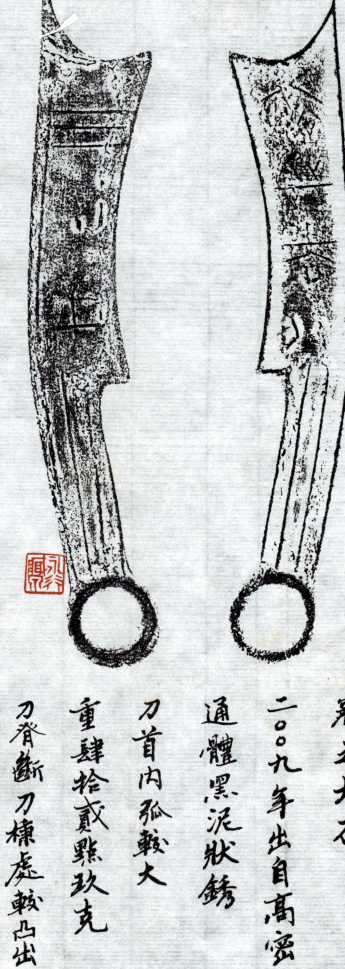

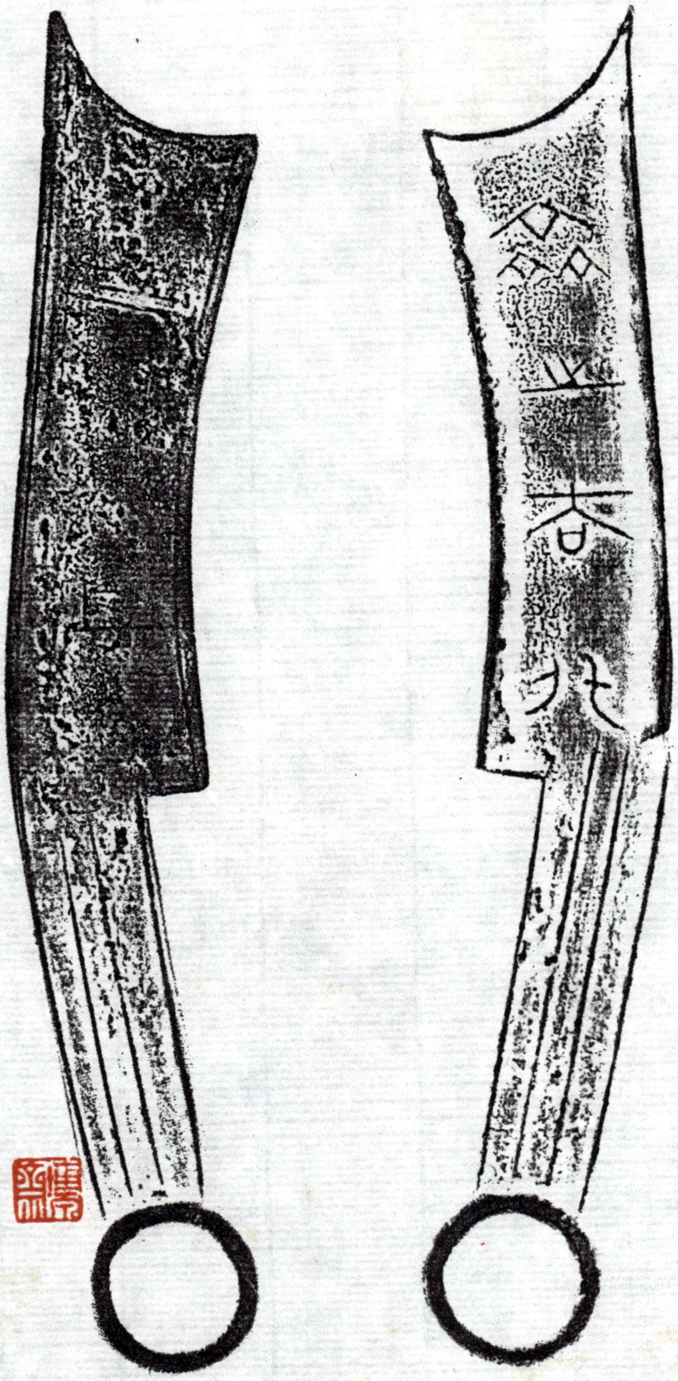

齊之大刀

重肆拾叁點貳克

傳世老坑

臺灣劍花樓舊藏

背文上

黃錫全

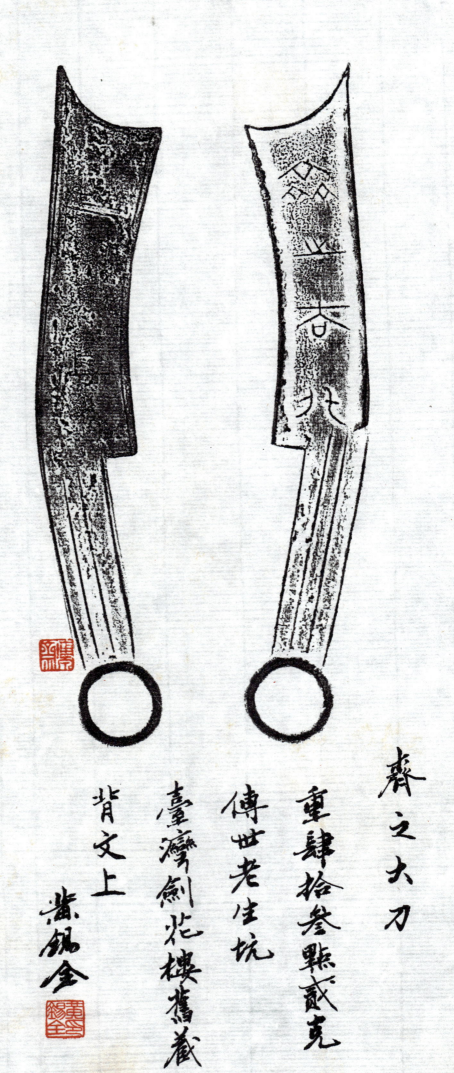

齊之法化

背文上 崇夫山房藏品

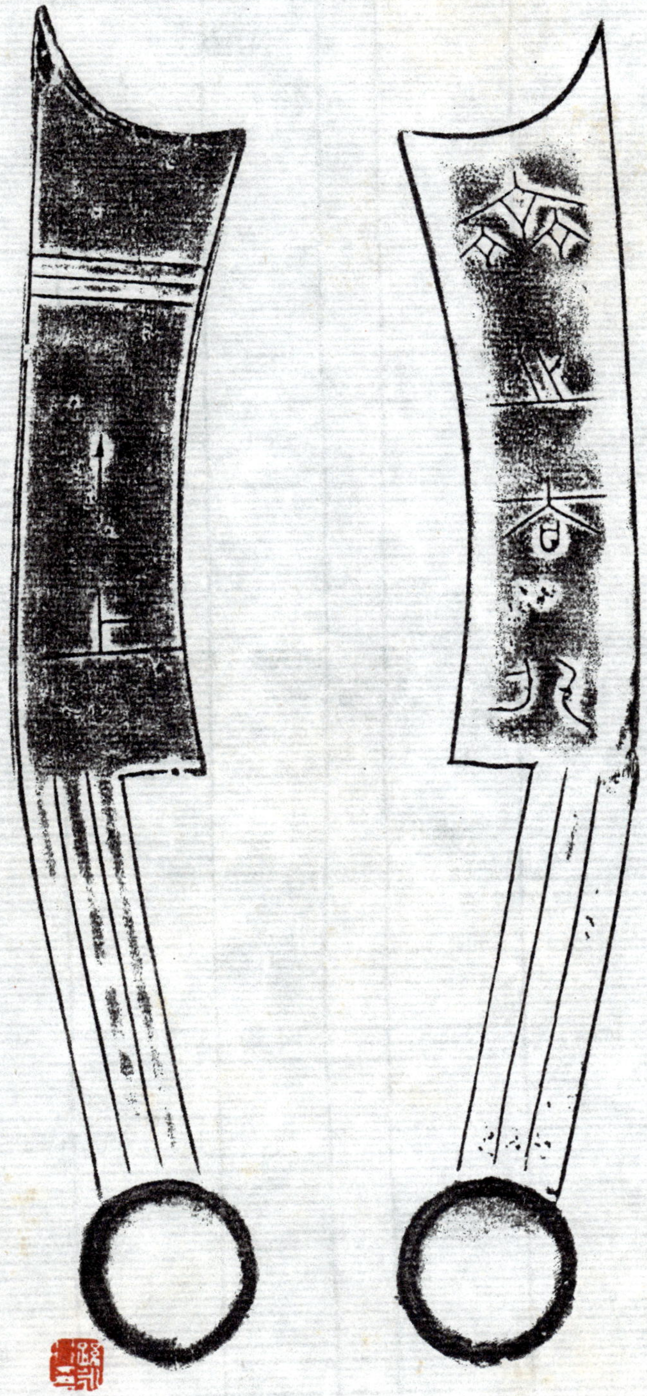

通長一八・七釐米

首寬三釐米

環徑二・七釐米

重四七・三克

環徑二・三釐米

二〇一七年自日本回流廣州購入品相甚佳 黄錫全

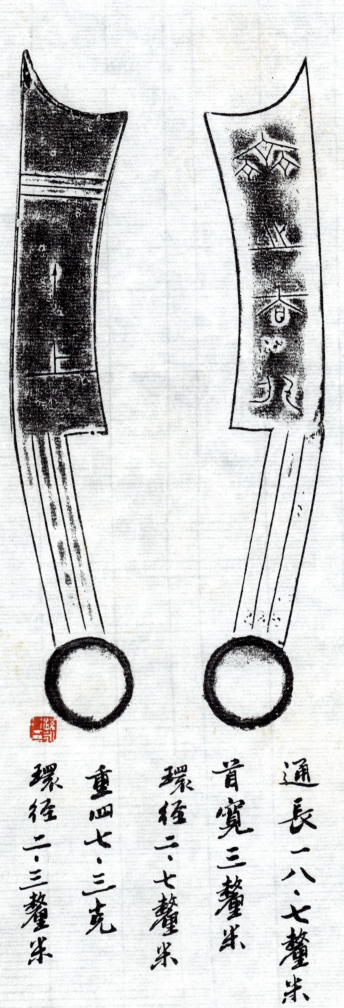

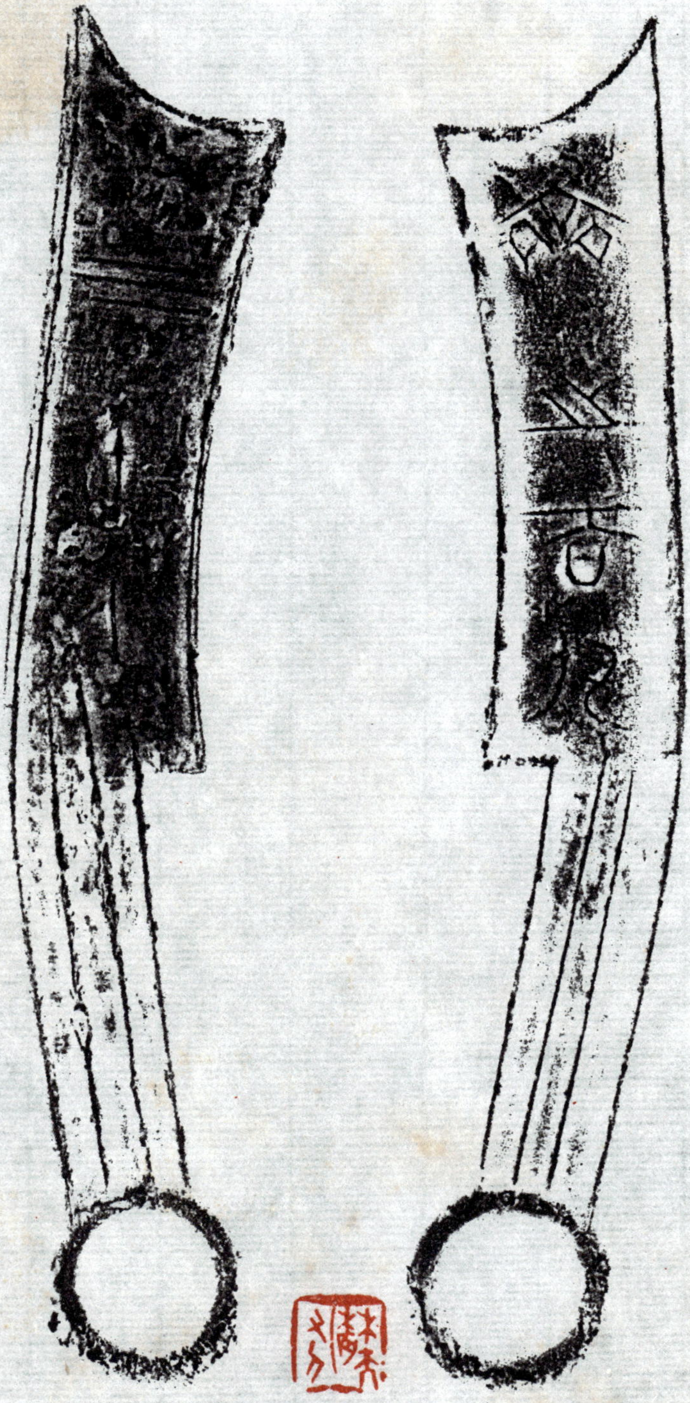

齊之法化

通長拾捌點柒釐米

重肆拾玖點壹克

背文亻即卜

二〇一四年自日本回流刀環較大

黃錫全書

二〇一四年購自臺灣重肆拾伍點叁克

亝止杏化

背文亻即卜

通長拾捌點伍釐米

刀文高挺保存完好品相極佳

丙申黃錫全

黃錫全

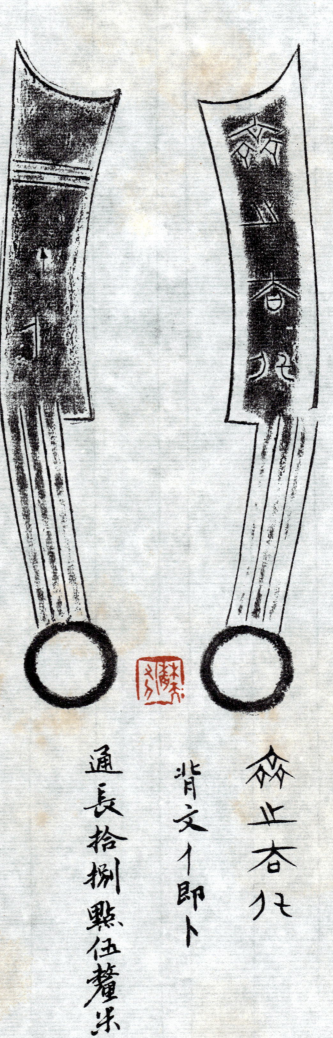

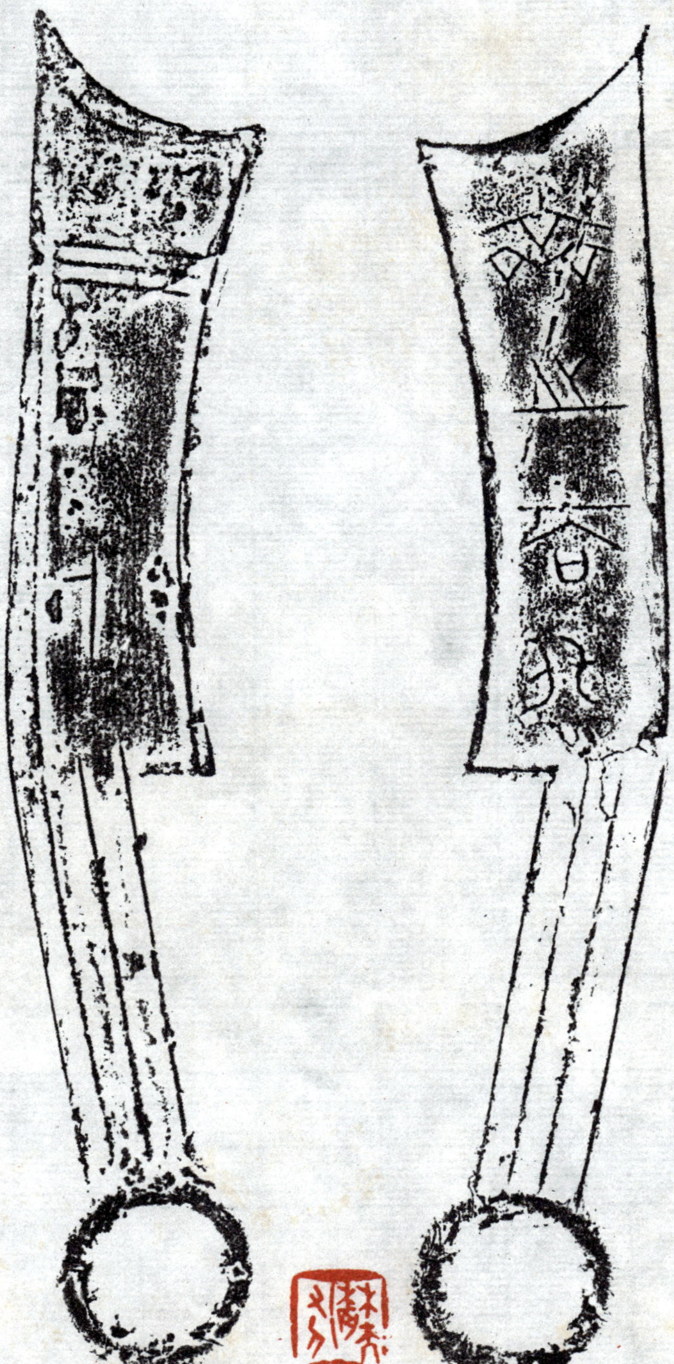

齊之大刀

二〇一六年山東壽光發現通體綠鏽

通長一八·六五釐米

重五〇·四克

背文十

農夫山房收藏

丁酉春黃錫全

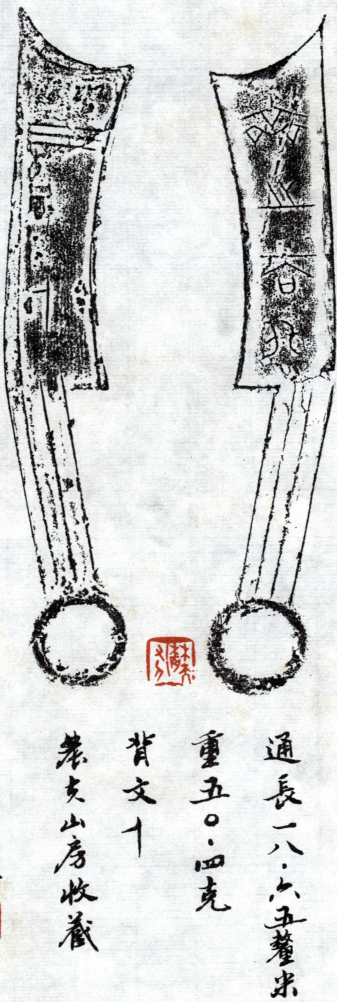

二、即墨大刀

節墨之大刀

二〇〇二年傳出山東臨沂市沂河

是刀称範明顯其造成原因值得進一步研究同類刀中并不多見

背文杏〻甘

通長一五·五釐米重四六·一五克

丙申黄錫全書

節墨杏化

是刀厚重綠皮鏽
二〇〇六年得自冀友
古泉早年為和錫永收
藏長一五·六釐米
重四七·三克
背文大昌之杏=右下有
兩點其義待定
丙申黃錫全

二〇一五年得自北京嘉德拍賣會移範疊字
通長一五、七釐米重四〇、一五克

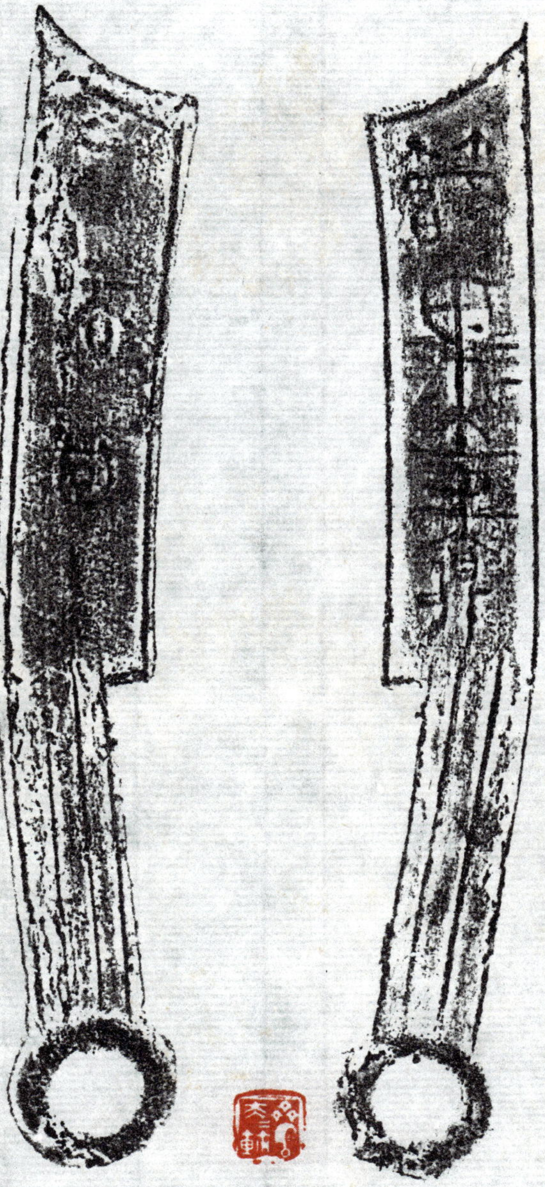

此類實物
難得一見
應珍視之

節墨杏化
背文杏〻甘已有數見

黃錫全

節墨之法化

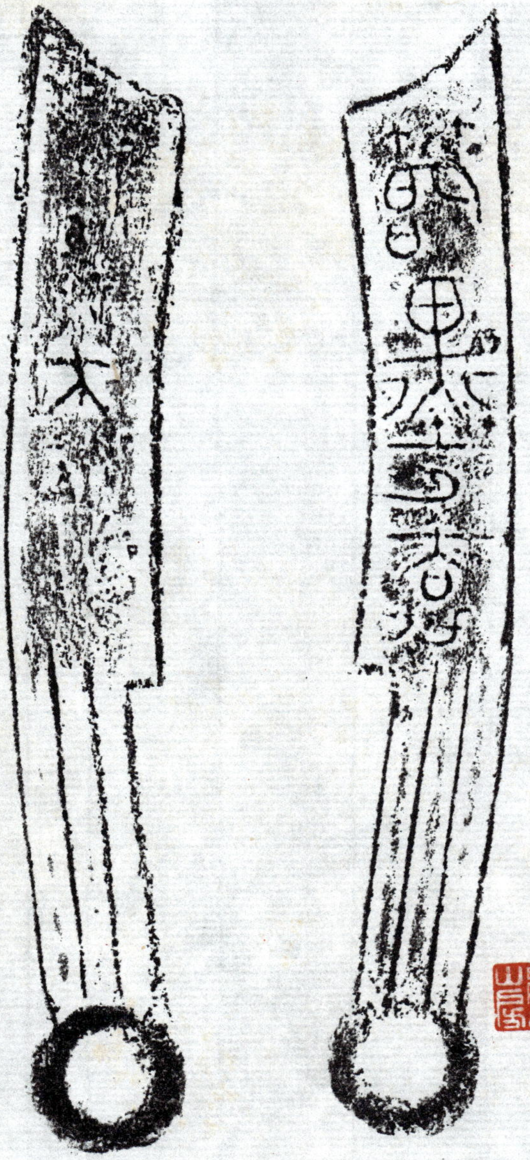

背文大下有流銅

早年得自北京拍賣會

通體紅斑綠鏽

通長一五、八釐米

重三七、八克

丙申秋黃錫全

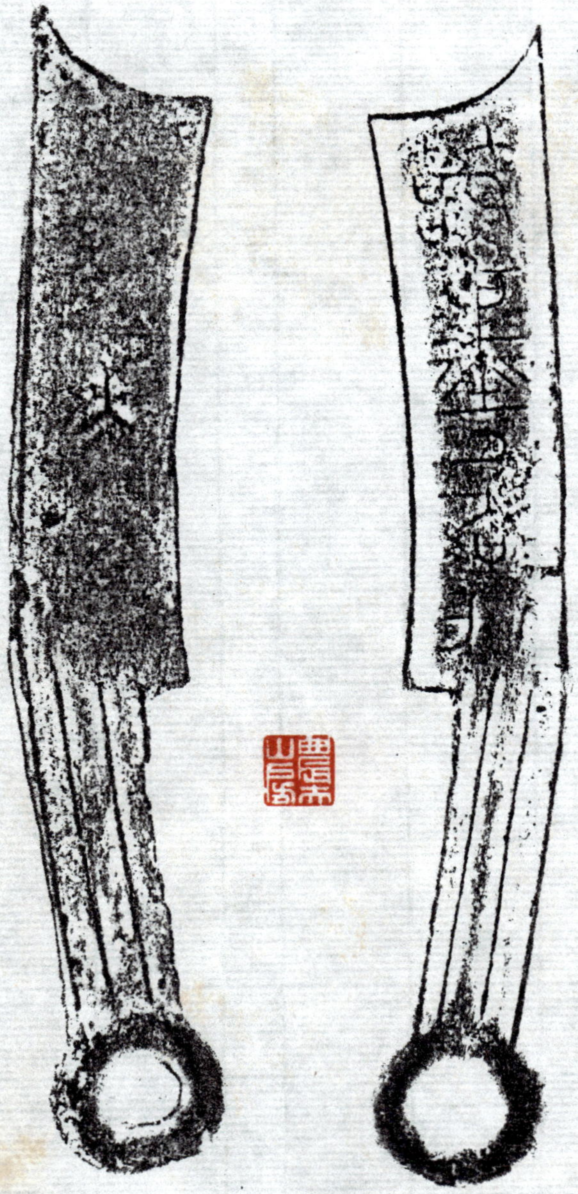

節墨之大刀

刀身爲黑漆古

通長一五・七釐米

重三八・七克

背文大少見

丙申秋月黄錫全

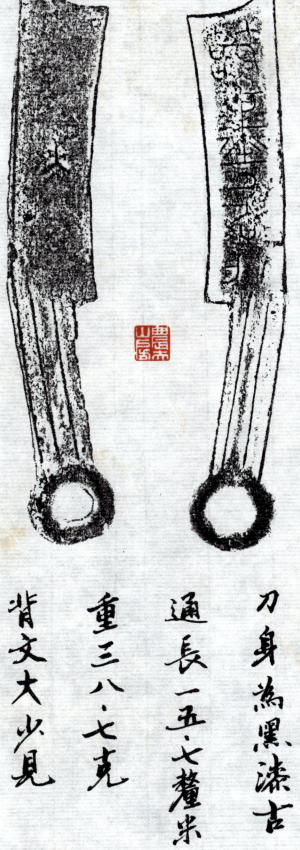

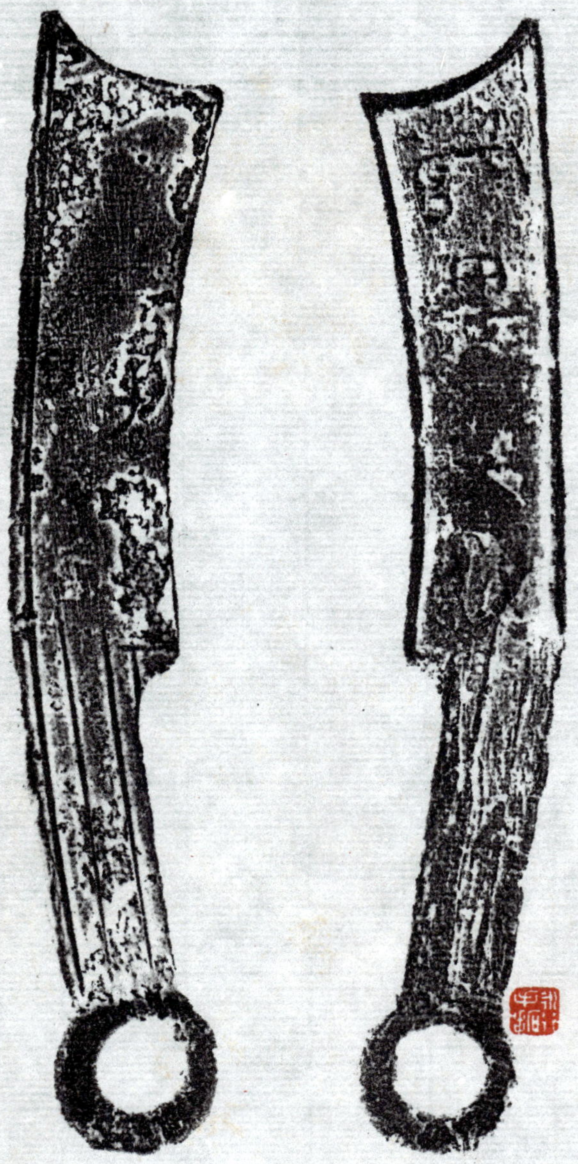

節墨夻化

早年出自山東諸城二〇〇八年歸

犀夫山房

通長一五·八釐米

重三一·八克

背文卂即化同類

刀中少見

丙申春蕭錫全

面背文字不够清晰

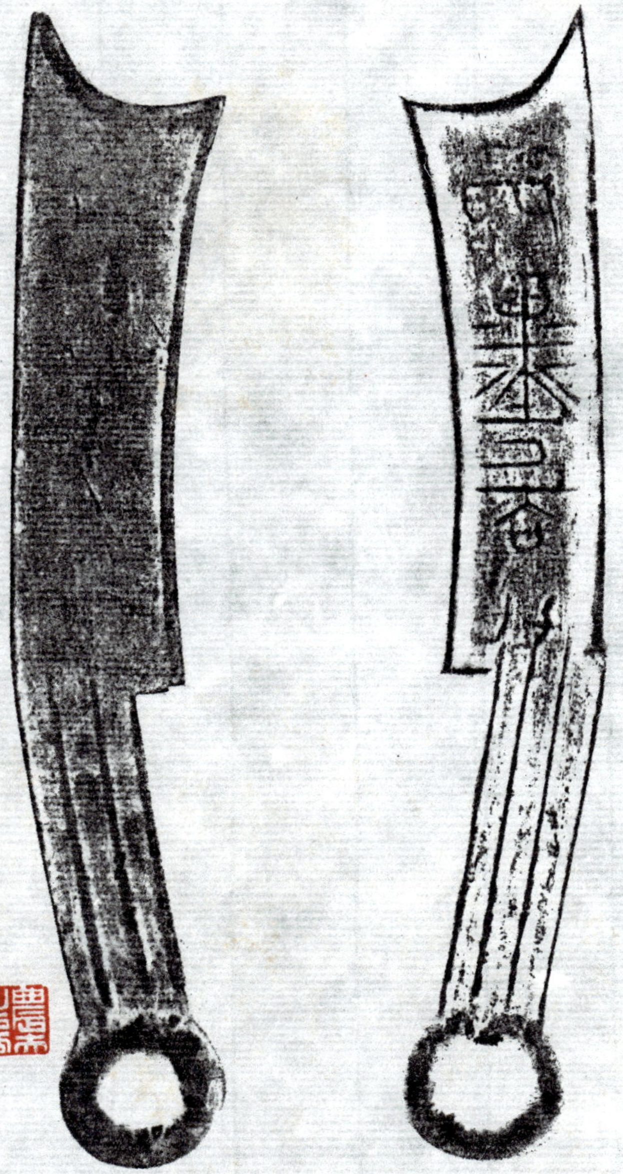

齊國小四字刀

原為臺灣劍花樓藏品

二〇一三年購入刀尖較長

通長一五·八釐米

重三九·六克

現藏臨淄大順世界錢

幣博物館

黃錫全

背文不清晰似ㄱ

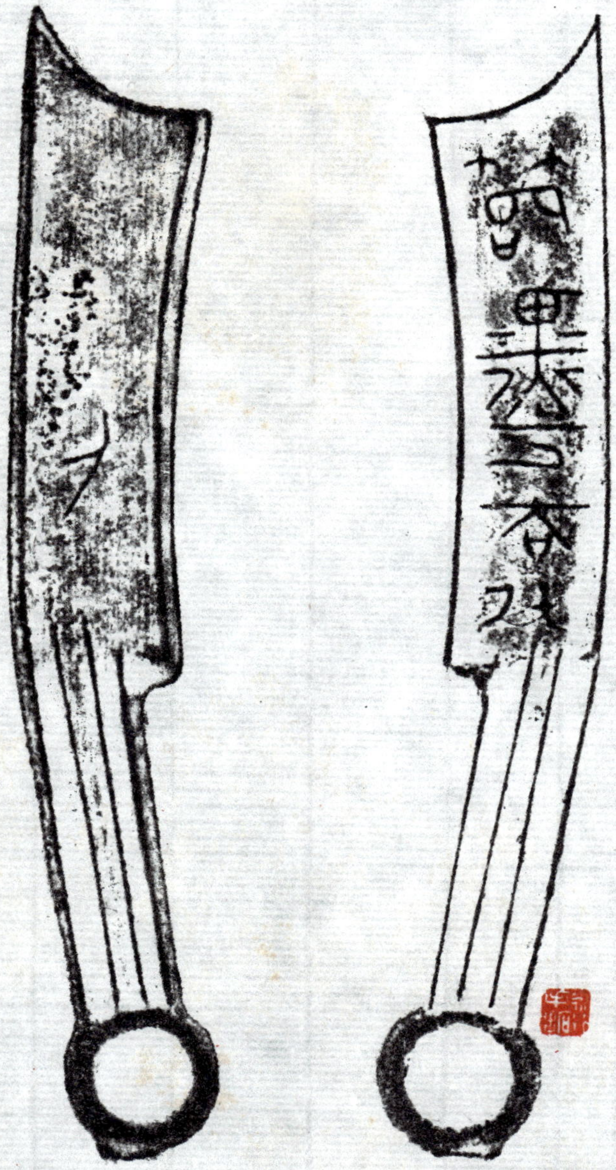

節墨之大刀

通長一五·七釐米

重三六·二克

面文清晰高挺

煙臺張立俊藏

背文ㄔ為刀或人

丁酉春月黃錫全

節墨之大刀

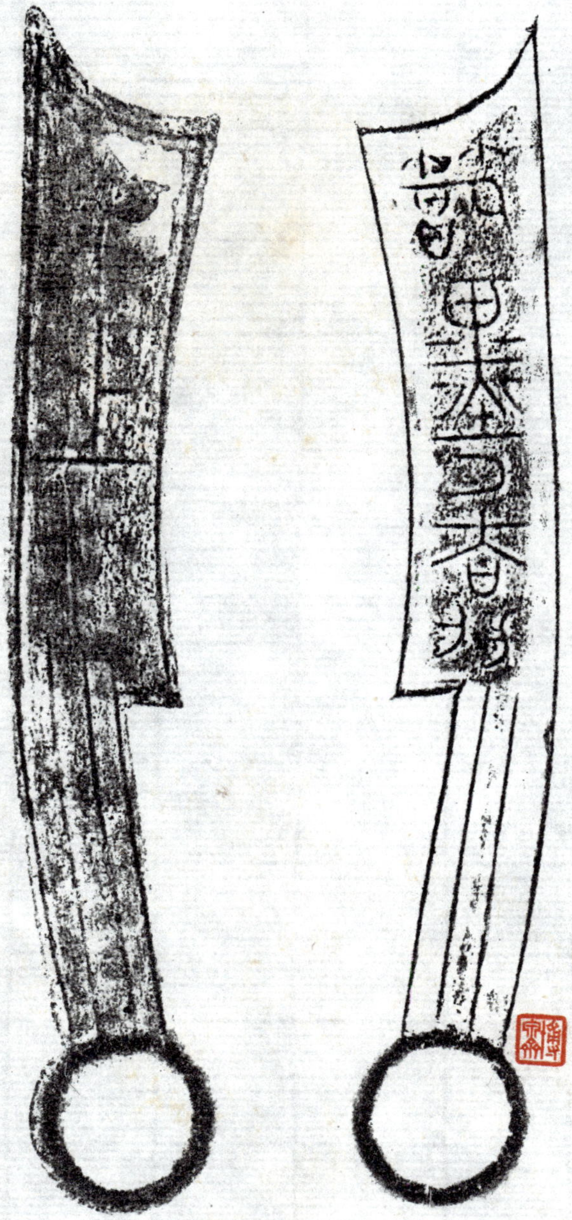

刀環較大工整
通長一六·二釐米
重三〇·九克
二〇〇九年得自高密
孫濤惠轉
蕭錫全

背文上
較大上海博物館藏有二品

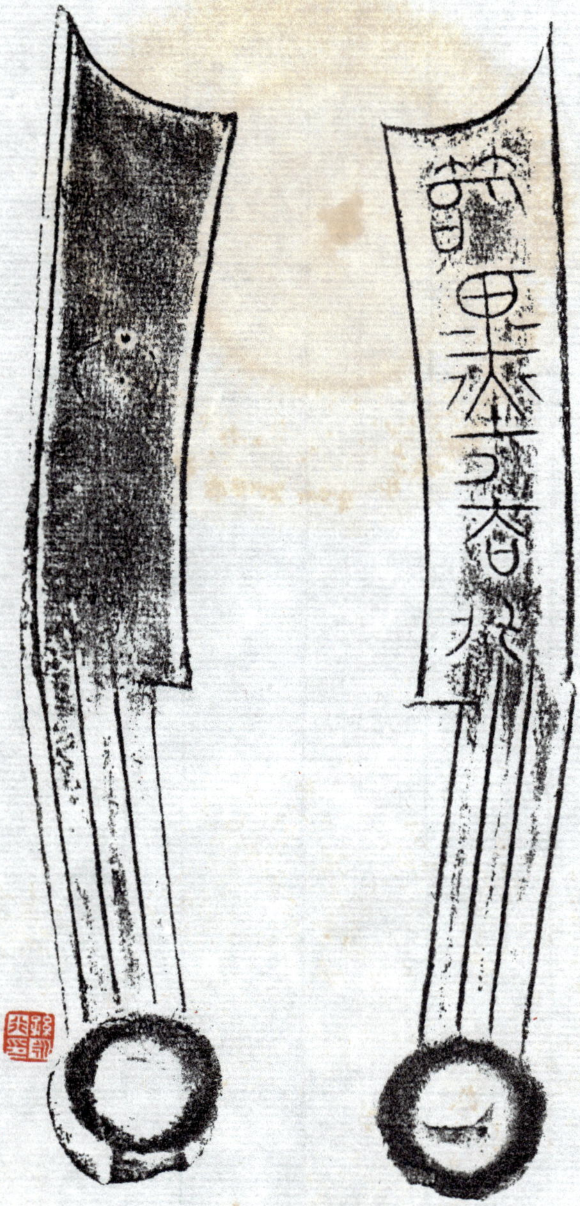

節墨之大刀

自日本回流品上海博物館有藏

正背兩面綠銹外緣
斷開明顯文字清晰
流暢通長一六·二釐米
重三六·四克
背文⊙為璧形或釋日

是刀鑄造精良品相極佳

丙申春月黄錫全

節墨之法化

二〇〇三年出自安丘

刀環不規整

通長一六·二釐米

重三三·三克

背文不清似回即昌

黃錫全書於[illegible]齋

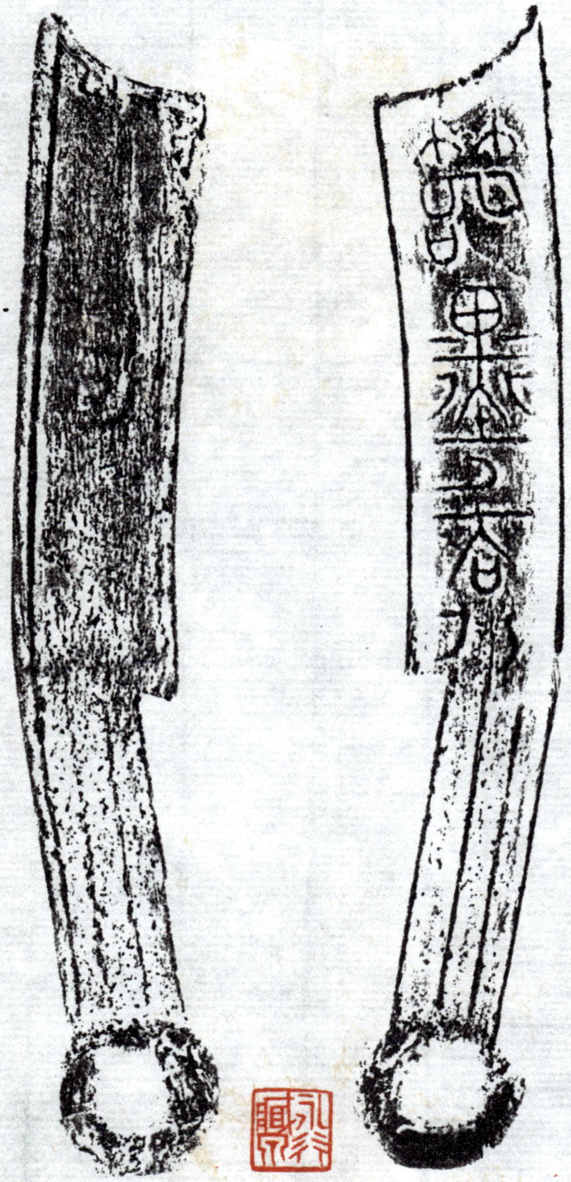

二〇〇五年農夫山房泉得自香港

節墨夻化

背文可似可或以為昌字省筆或借用邊線。昌字内多从口與从日有别，值得注意。

丙申黄錫全

通長一五·七釐米，重三五·五克

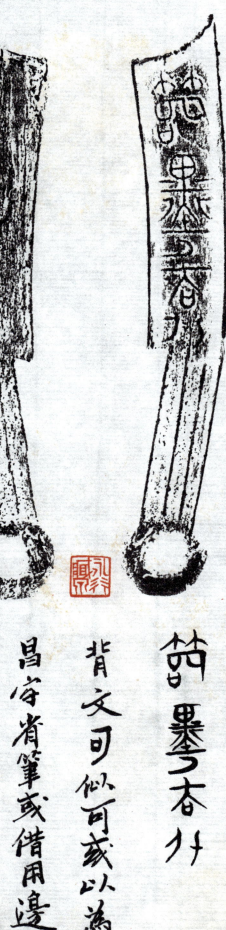

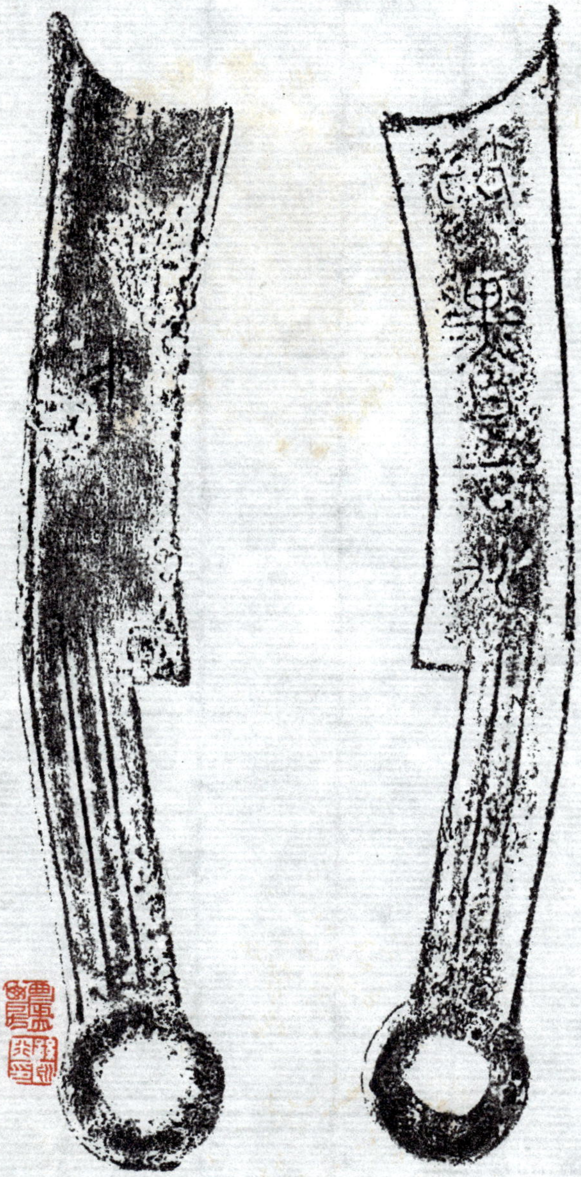

即墨大刀

二〇一三年十一月出自山東章丘同出有即墨五字刀一枚三字刀五枚粘連成塊通長一五·八釐米重二九·二克

背文亻即卜

丙申冬黃錫全

即墨大刀

一九九六年農夫山房得自北京琉璃廠

首字有流銅

丙申三月

黃錫全

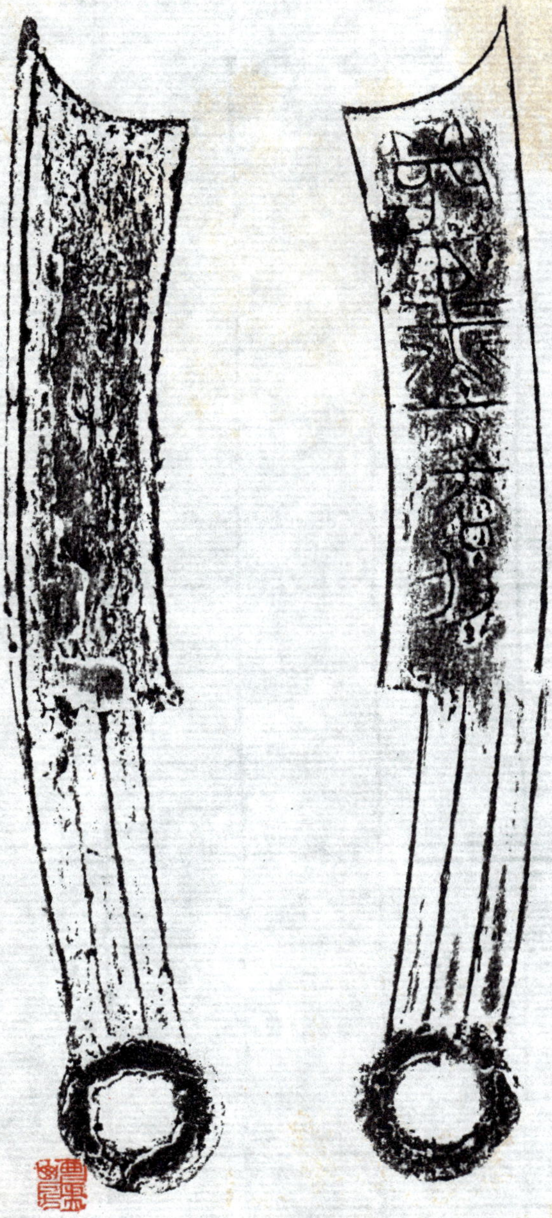

背文中見於其它齊刀通長一五·九釐米重三四·八克

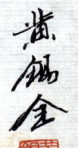

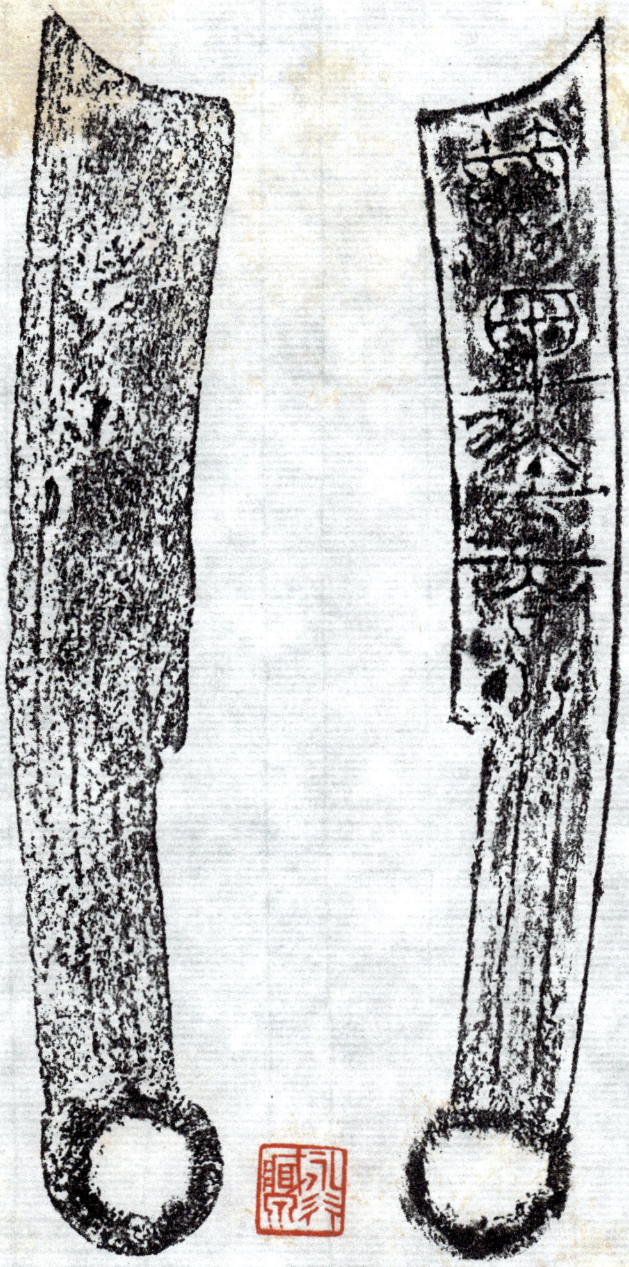

即墨大刀

二〇二三年三月出自山東高密城南

伴出有即墨五字刀一

枚齊三字刀二十餘枚

通長一七釐米

重三四克

刀面文字不够清晰

背文丨不明其意

丙申春月黨錫金

節墨法化

二〇一三年得自北京嘉德拍賣會生坑綠鏽鑄作精良通長一五·九釐米重三八·二克背文凸起一橫，似為數字一

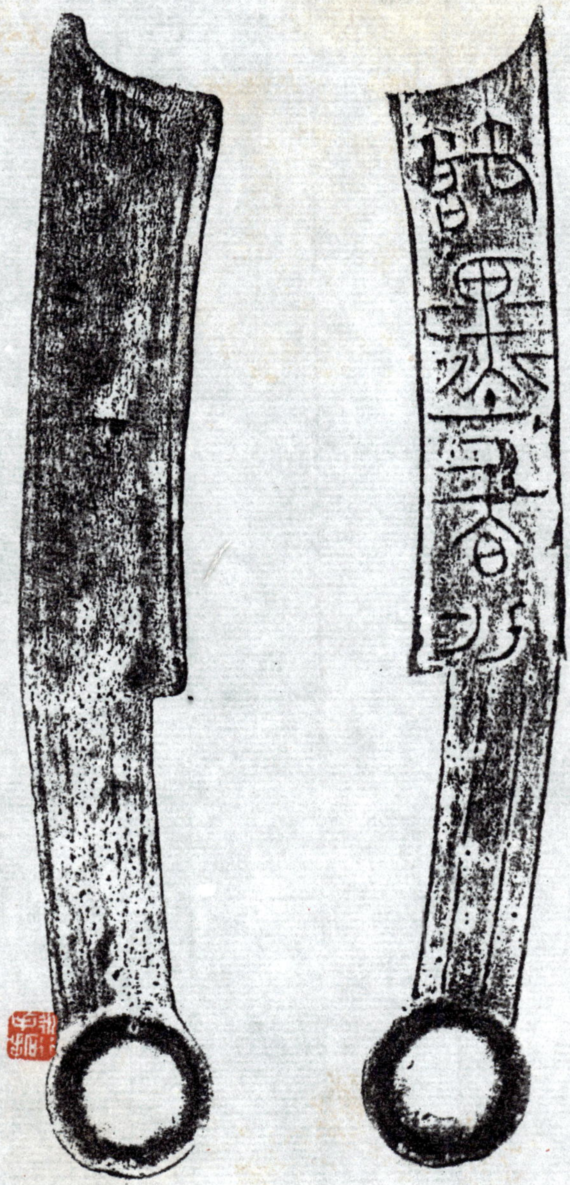

刀身上下寬度差别不大

黃錫全

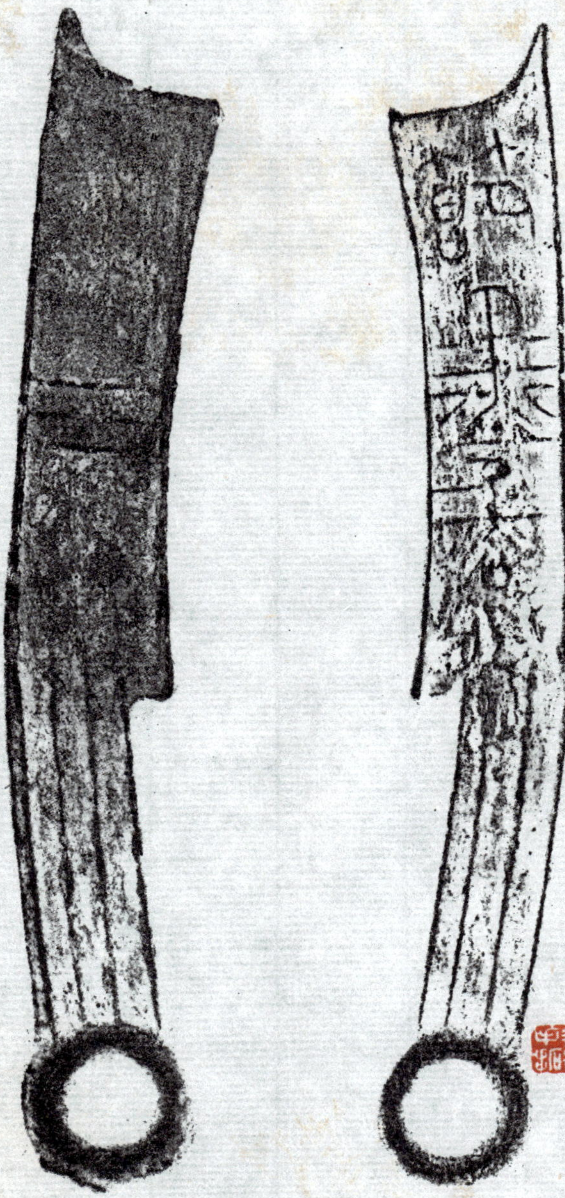

節墨杏化

一九九〇年傳出高密現藏臨淄

大順世界錢幣博物館

通長一六·二釐米

重三五·九克

首寬二·三釐米

環徑二·一釐米

刀身細長背文三上海博物館有藏 黃錫全

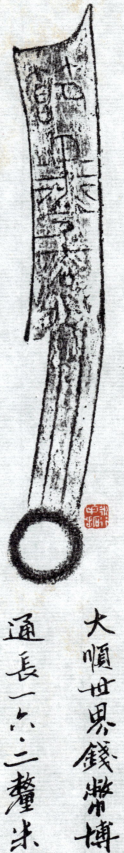

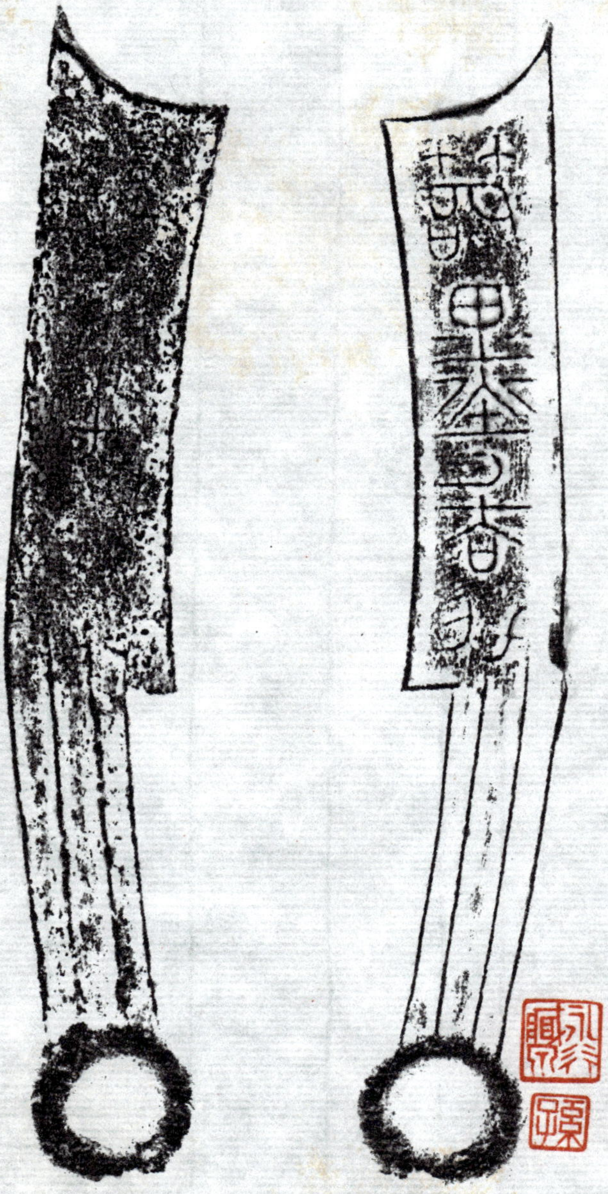

節墨之大刀

通長一五·七釐米

環径二·三五釐米

重三四·三二克

二〇一三年自日本回流

背文十為七通體紅銹鑄文字精美製作工整

黃錫全

節墨之法化

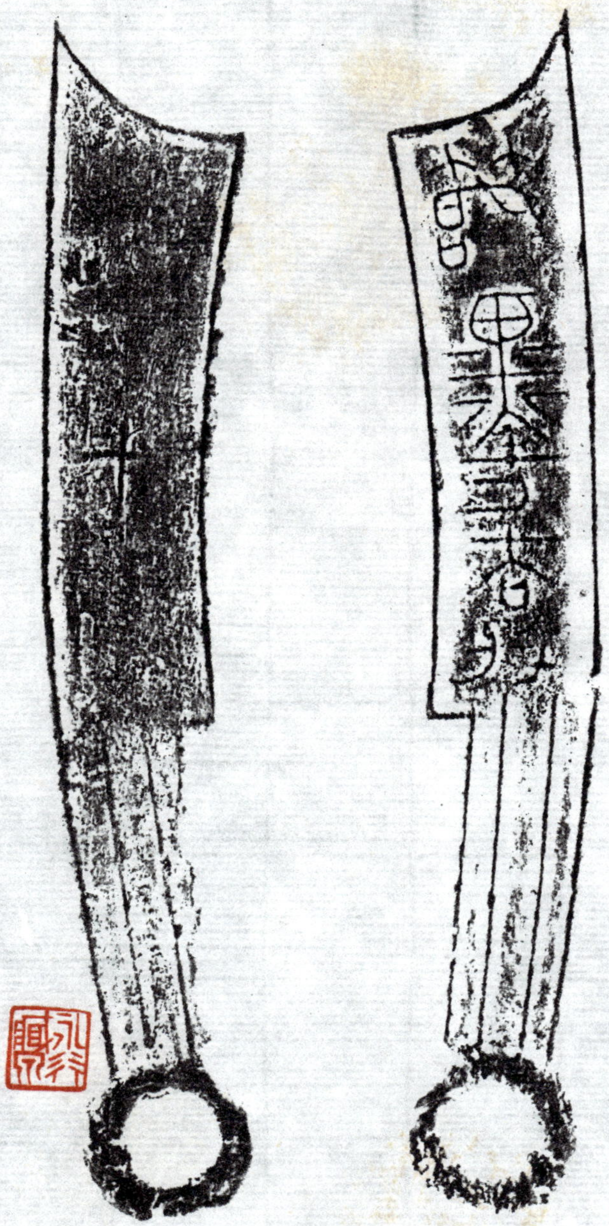

刀首較寬通體紅斑間綠鏽棟內側小闕

一九九七年傳出壽光

長一六·四釐米重三七二

克背文十郎七又見中國

歷代貨幣大系先秦卷

二五五五·二五五六號

丙申秋月黃錫全

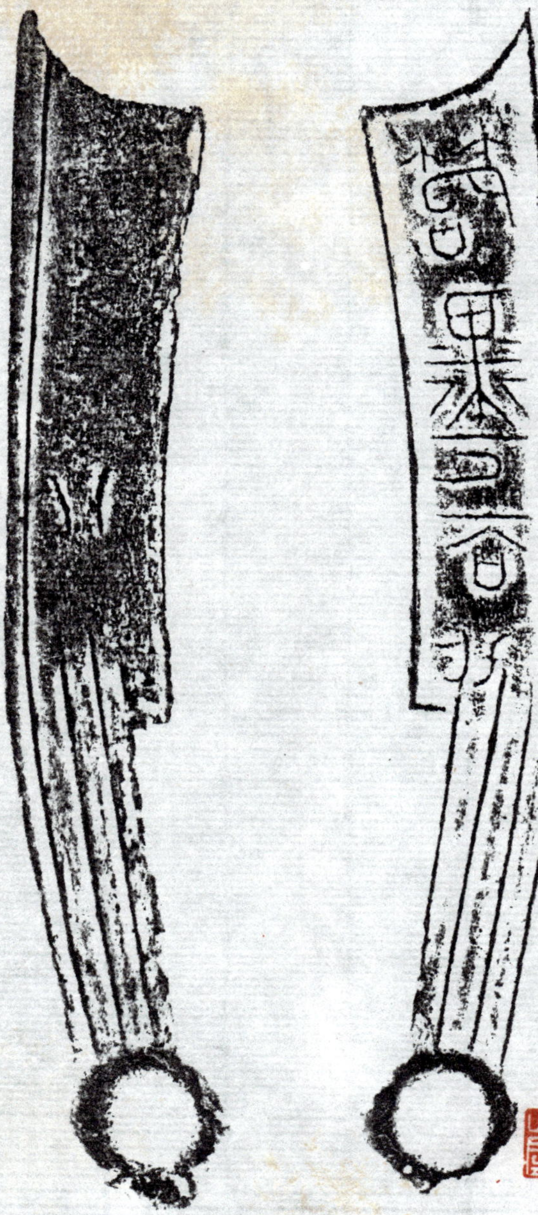

節墨之大刀

背文川倒八形

是刀早年為東營毛氏所藏

通長一六·二釐米

重三九·八四克

丙申春蕭鍋金

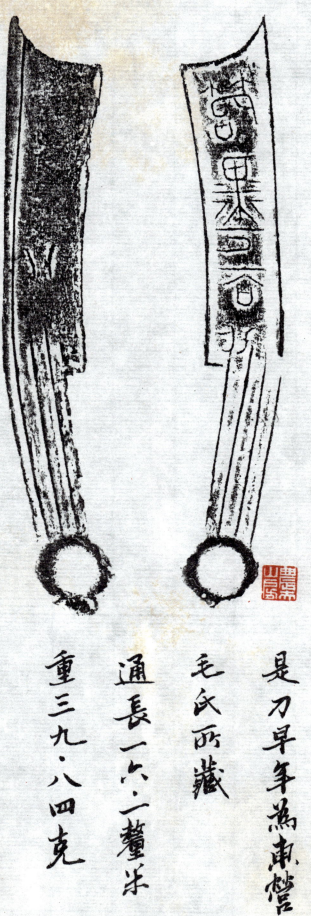

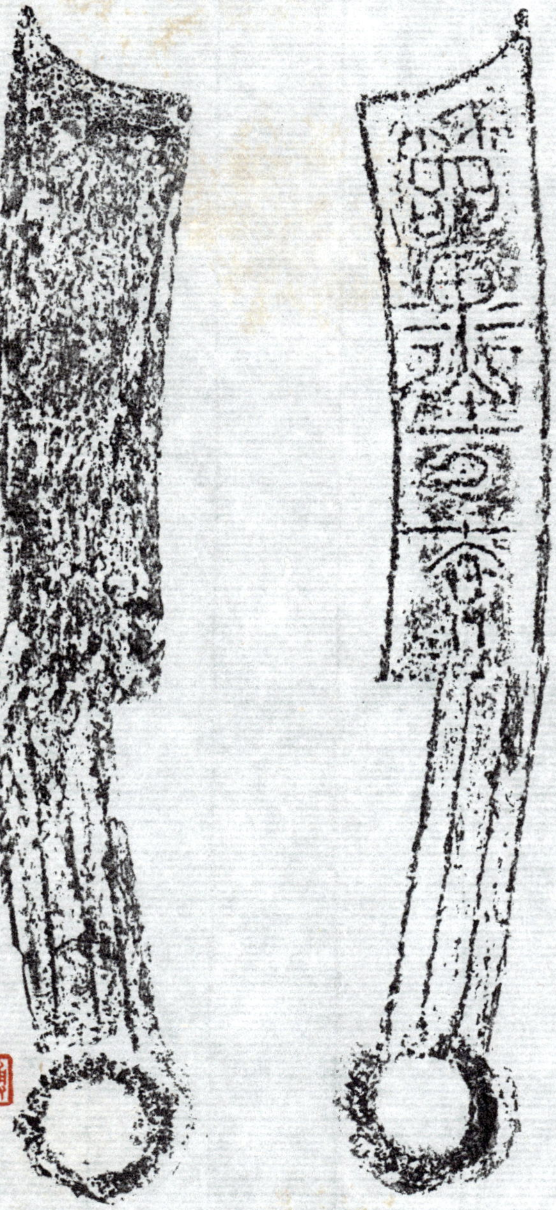

即墨大刀

二〇一二年一月二十日出自齊都臨淄

生坑綠鏽鑄造較粗

銅質不精良

刀體不平整

文字欵清晰

黃錫全

背文丨當為十通長一六釐米重三五、一克

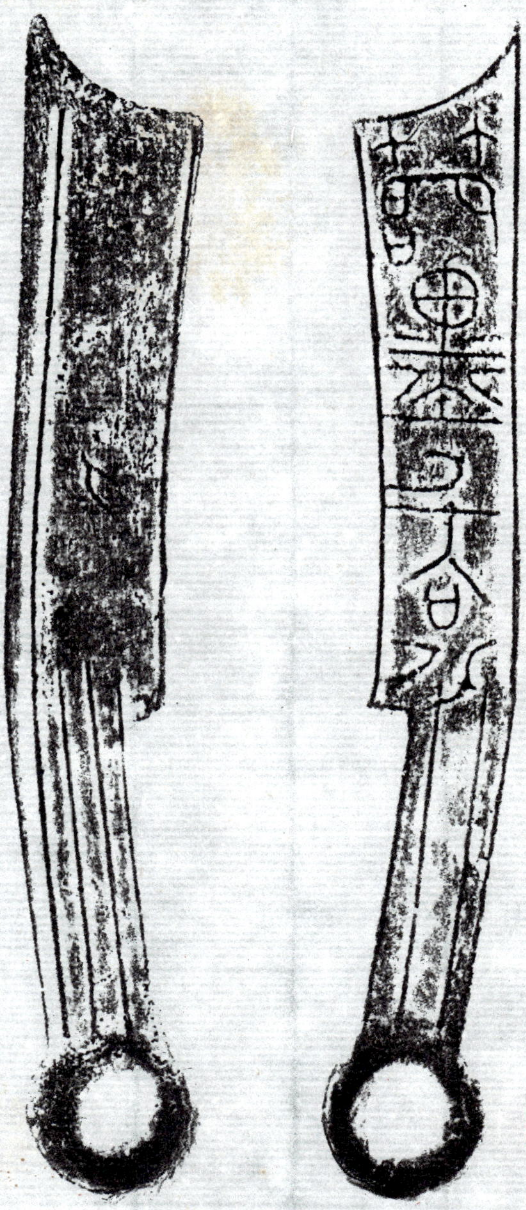

二〇〇二年出自山東臨沂
紫黑色包漿
通長一六·一釐米
重三六·四克
刀首寬二·五釐米

節墨之大刀 背文乚 又見中國歷代貨幣大系先秦卷
二五五八號

丙申秋黄錫全

節墨之大刀

此刀於一九九六年六月出自山東臨淄南馬村同出有安陽五字刀二枚齊三字刀二十餘枚賹四圜錢十枚賹六圜錢十八枚即墨小四字刀一枚

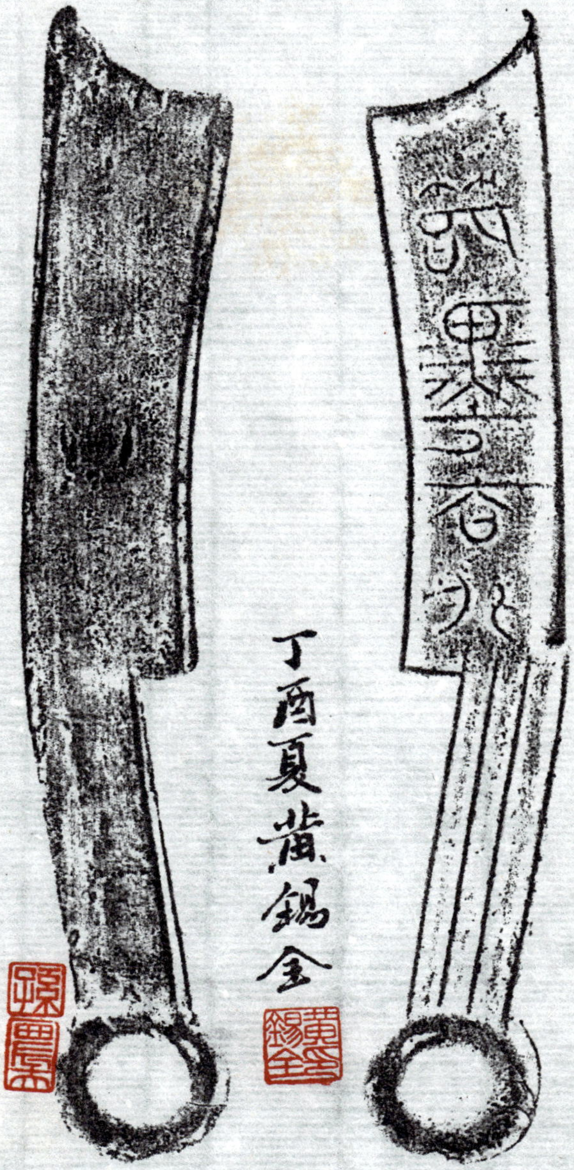

丁酉夏黃錫全

黃錫全

通長一五·八 首寬二·六 環徑二·三 釐米 重三三·五克 背文以覓

節墨杏化

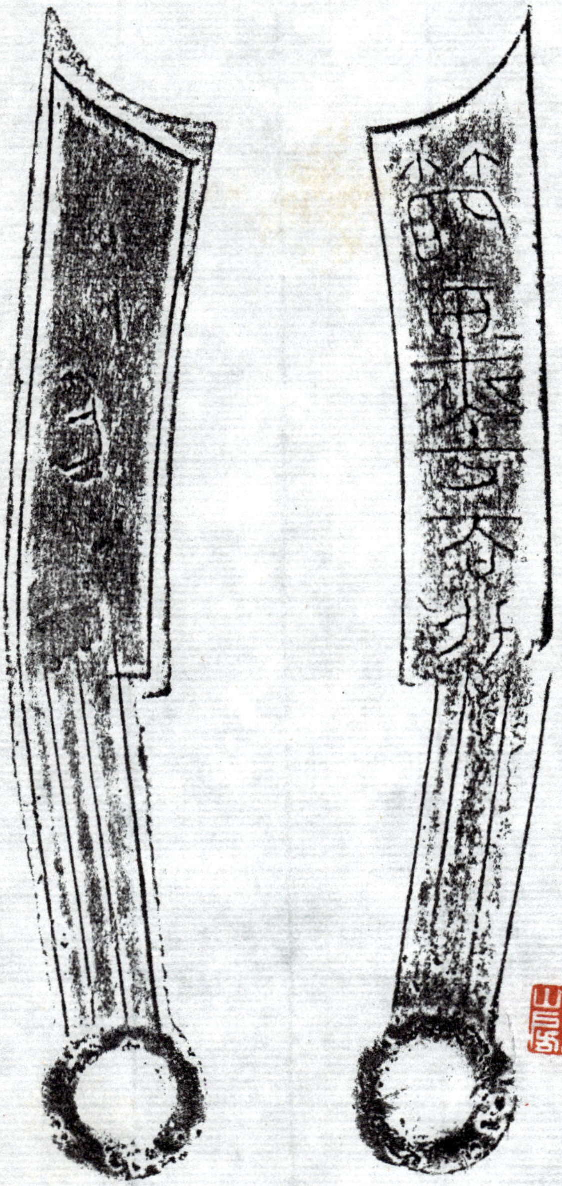

節墨杏化
通長一六釐米
重三四·三七克
二〇一四年自日本回流
肅錫金

背文丨丨刀其上兩筆之義不明似為數字

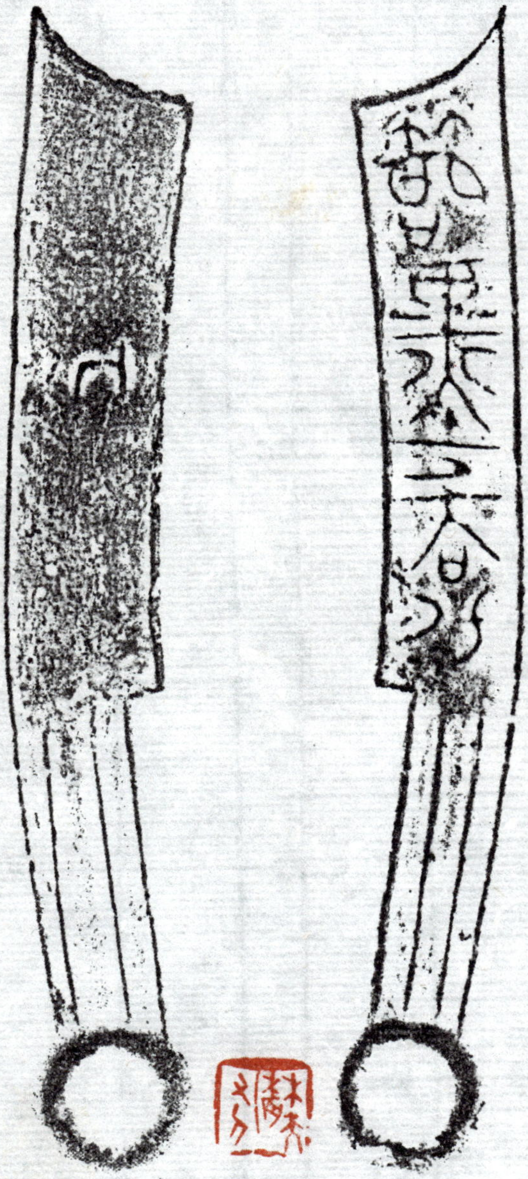

節墨法化

二〇〇四年得自煙臺刀身細長

丙申春月

叢錫金於

寄盦齋

背文𠂆少見通長一五·八釐米重二七克

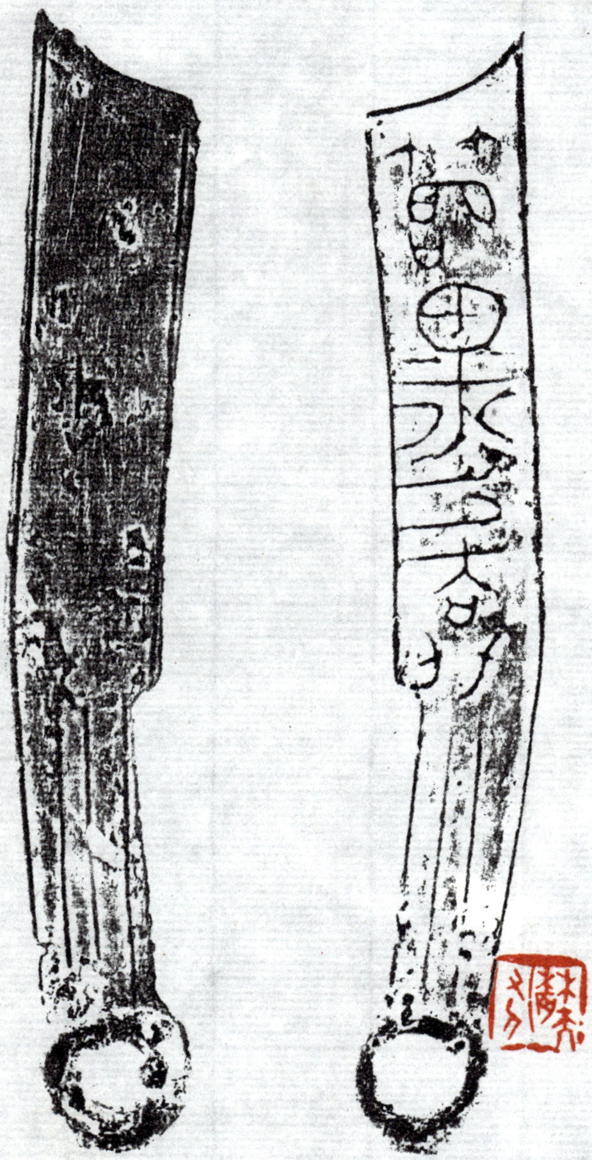

傳一九九六年出自沂水縣

即墨大刀

此字連接標之筋線廓線與中國歷代貨幣大系先秦卷二五六二號類同背文卜

重三四·九克

丙申夏月黃錫全

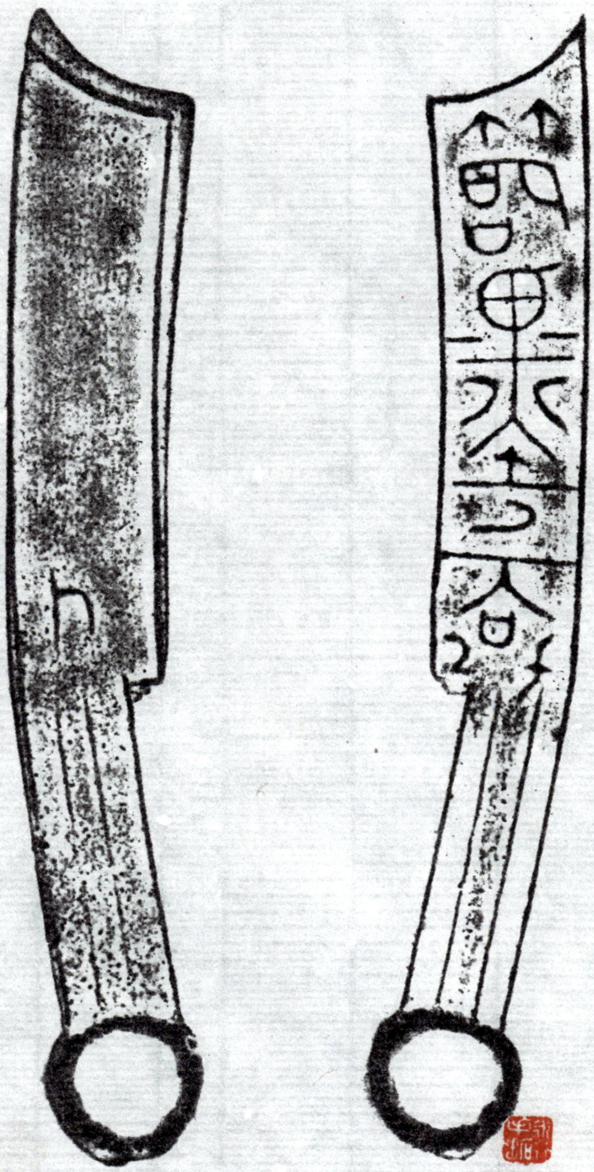

節墨之大刀

通長一五·六釐米

重三六·三克

品相甚佳刀字略異

煙臺張立俊藏品

背文卜靠近柄部

丁酉春黃錫全

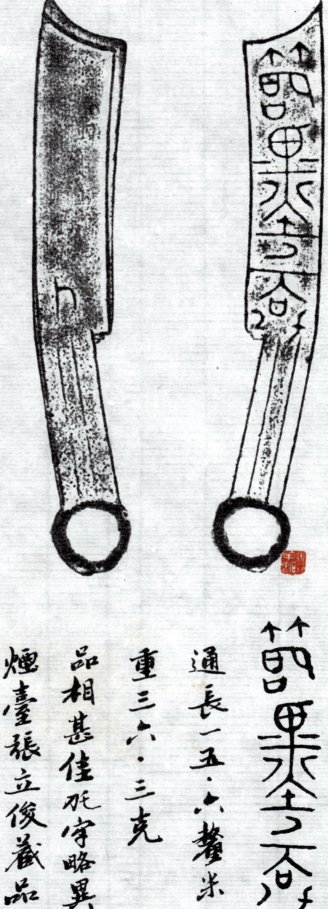

即墨大刀

二〇〇五年秋傳出臨淄

背面無文生坑綠鏽

殘長一三釐米首寬二·六

釐米重三二·七克

黄錫全

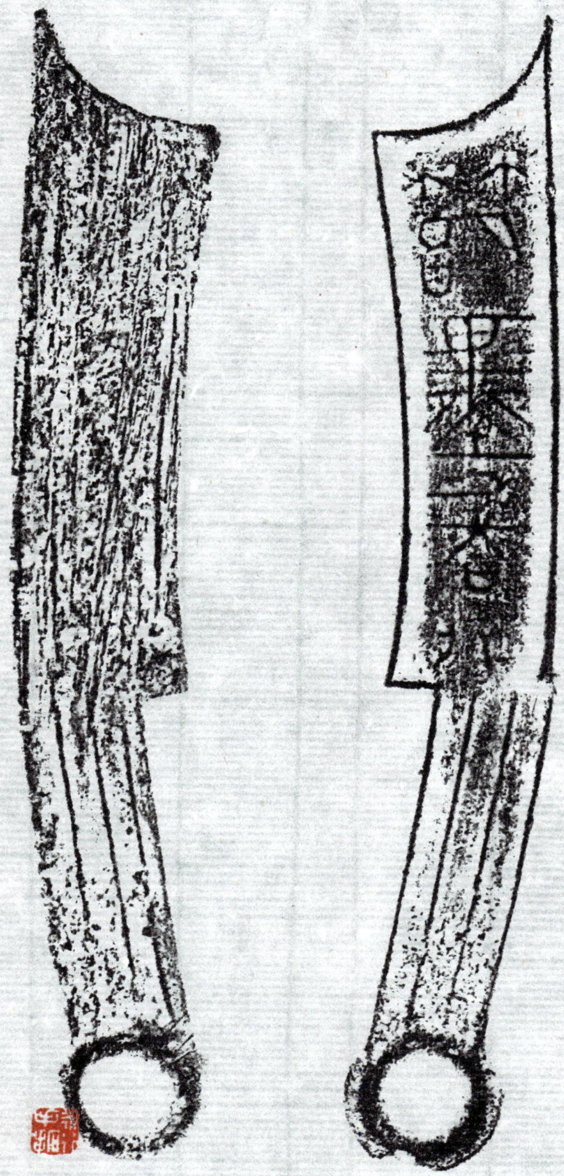

節墨大刀

二〇〇五年傳出山東泰安

刀首較寬刀環較小
斷脊明顯背文不清
通長一五·八釐米
重三一·一三克

秦戈山房主人孫氏永行先生藏品　黃錫全

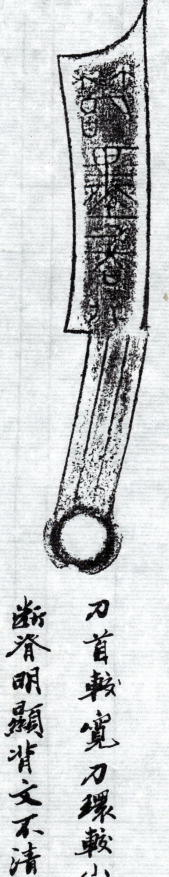

節墨之大刀

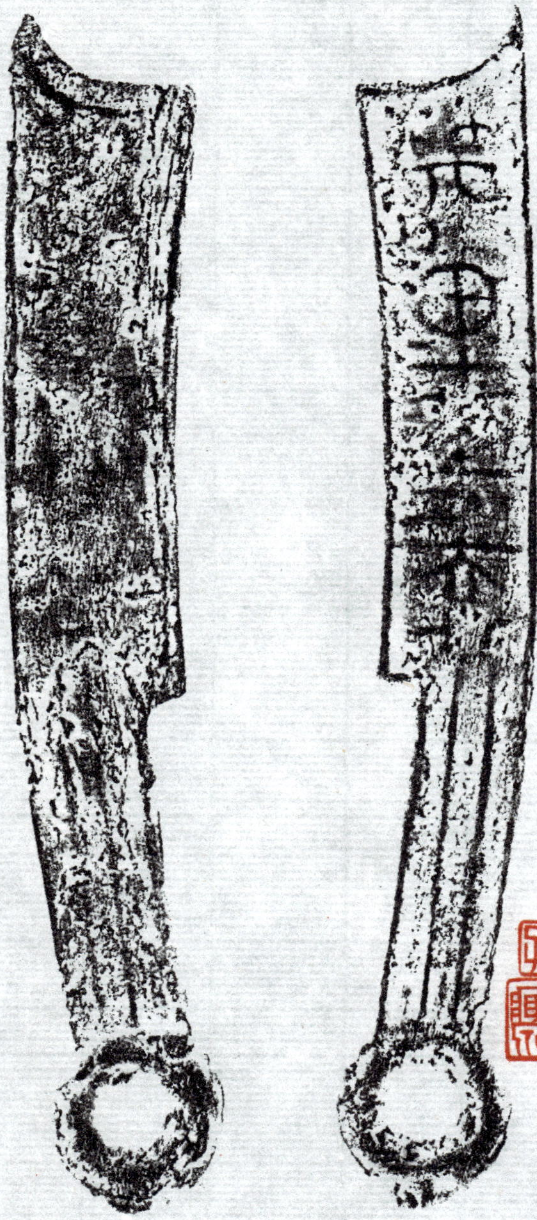

傳出自泰安汶河面
背均有朱砂紅銹
長一六釐米環徑二·三
釐米重三九·六一克
丙申秋黄錫全

背面文字不清為銹所掩

是刀通體藍鏽背文不清似光背通長一五・七釐米
環徑二・三二釐米重三七・一七克

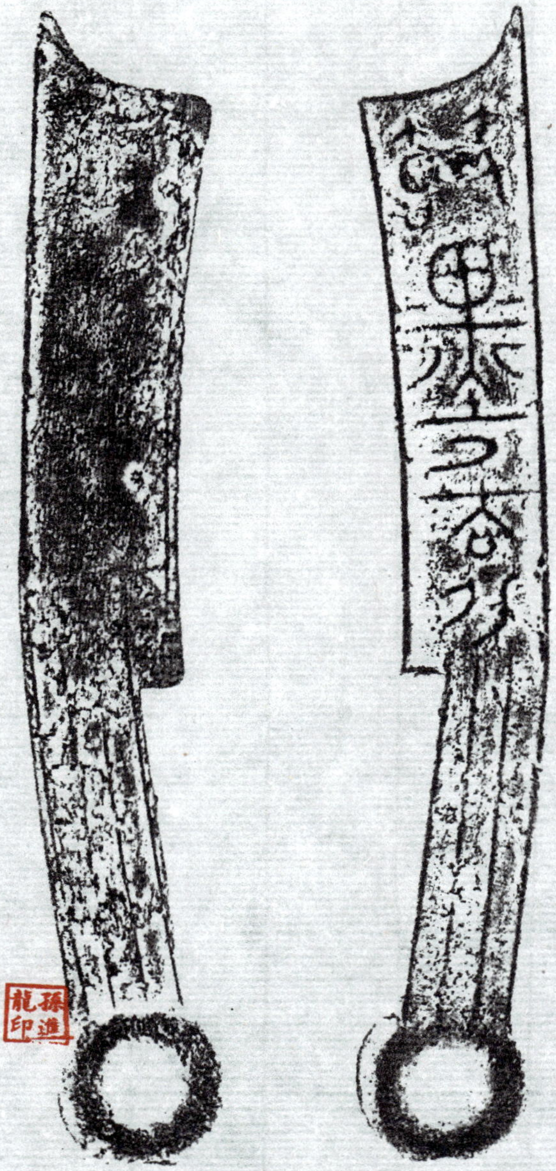

節墨之大刀 即墨大刀

丙申端錫全

節墨夻化

傳二〇〇三年出自大汶口

通長一五・九釐米

重三五・九克

農夫山房收藏

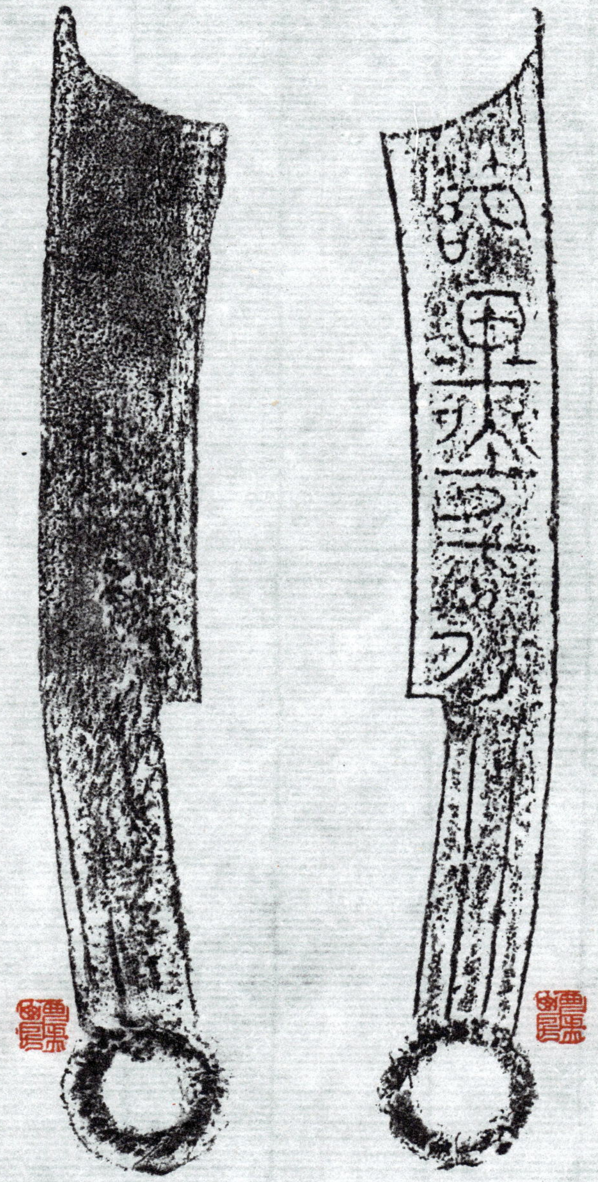

背文不清刀體窄長柄部較短

丁酉嵩錫金鑑書

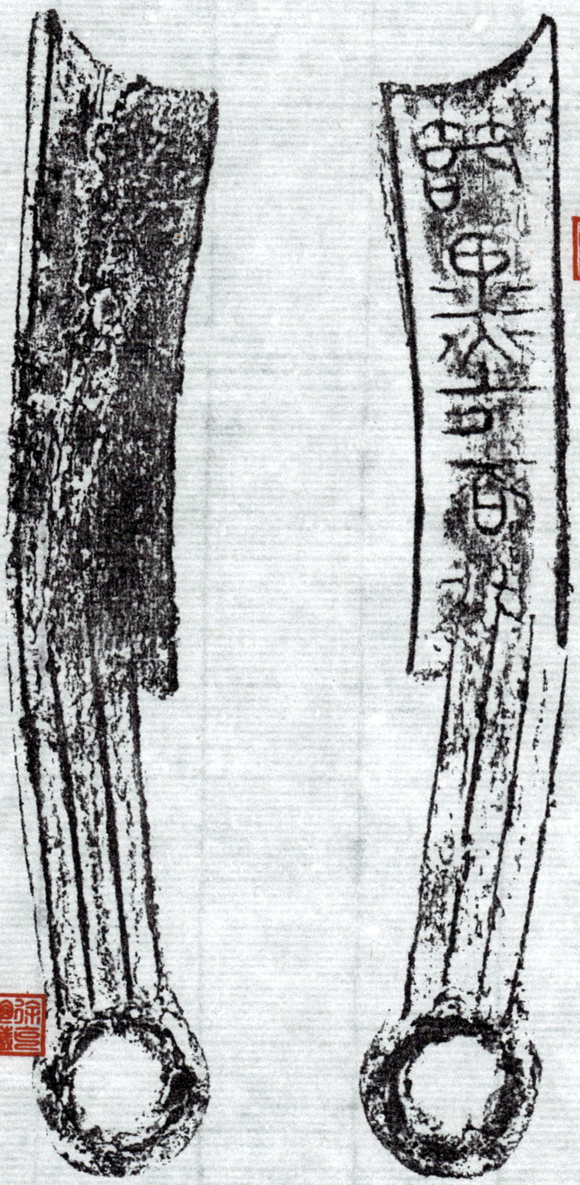

通長一五・九釐米重三七・一克外緣斷處高凸

丙申春月

黃錫全

節墨之大刀

背文不清似無文出地不詳

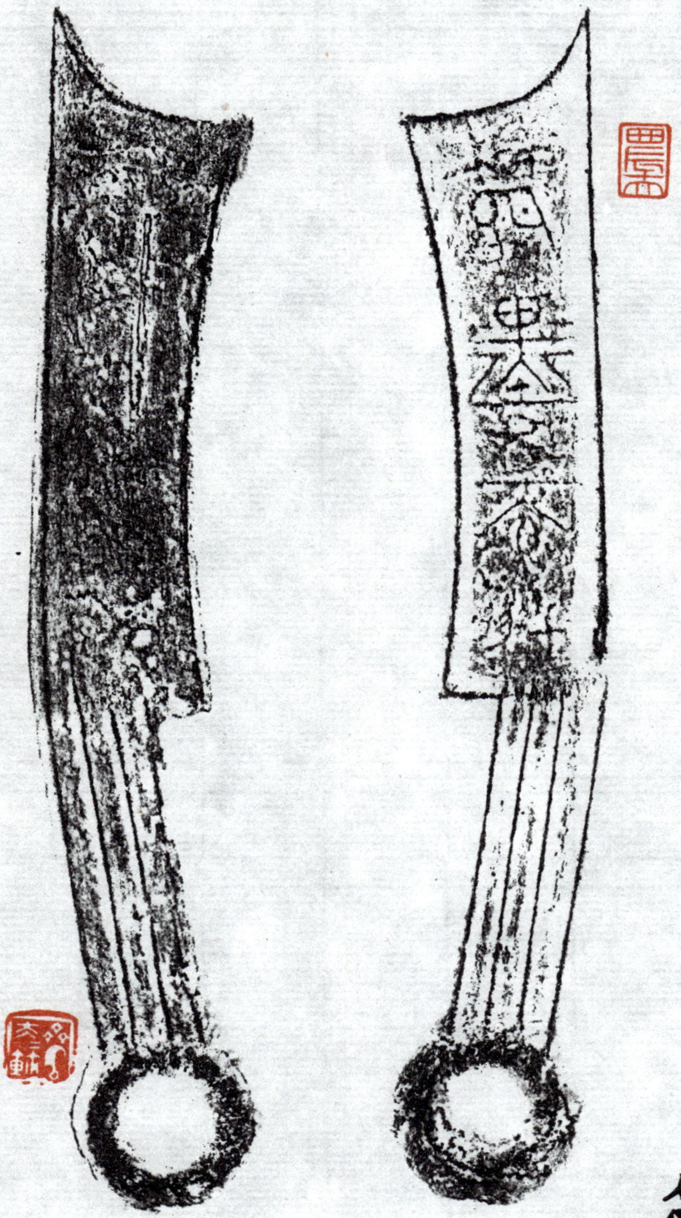

節墨夻化

生坑美品傳二〇〇三
年出自臨淄農夫山
房二〇一三年自上海購
入通長一六·三釐米
重三六·五克
背文不清

黃錫全

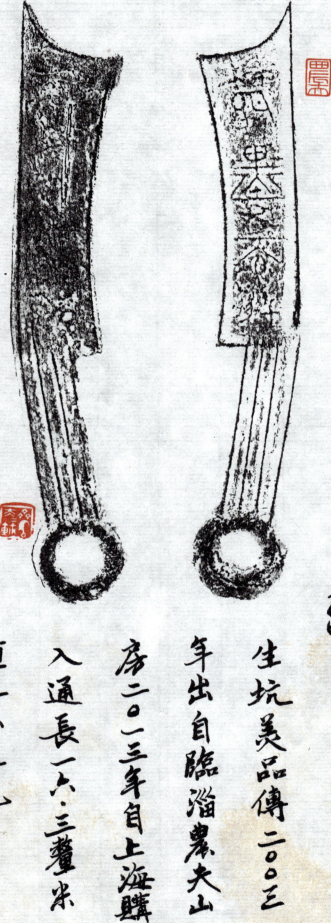

莭墨之夻化

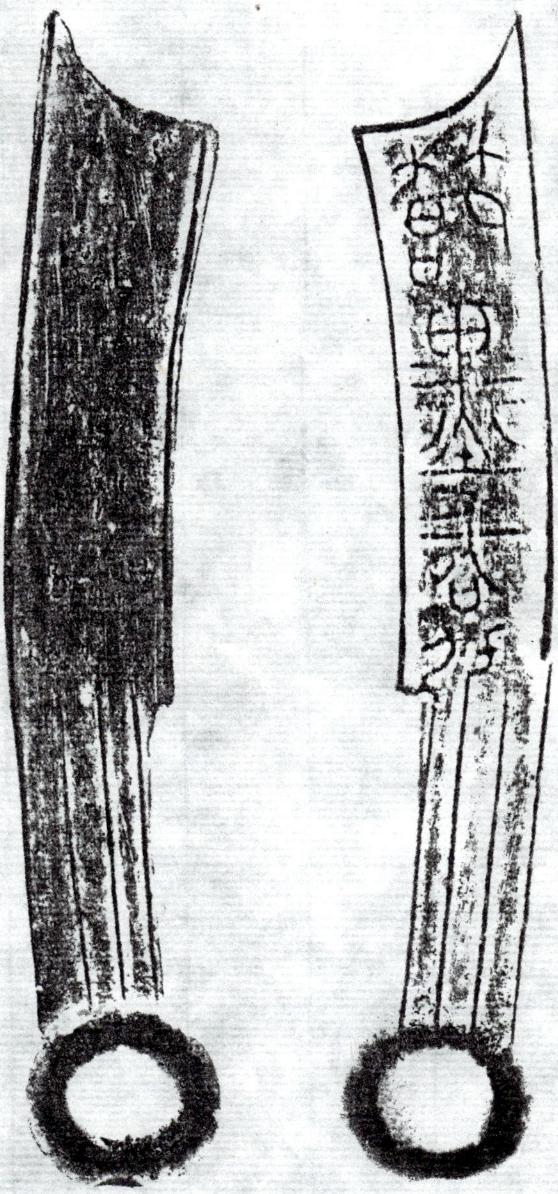

丙申春月嘗錫全鑑賞於無為齋

是刀出地不詳早年流入濟南二〇一四年農夫山房得自張店

面文清晰光背無文環寬大重三五·六五克長一五·八釐米

索引

頁碼	面文	背文	背文釋讀	通長（毫米）	重量（克）	徵集時間和地點	備注
一			上	一八八	五七點八五	傳二〇〇四年壽光紀臺出土	面文怪异孤品
二			草	一八五	四五點二	傳二〇〇四年壽光紀臺出土	未見收録僅見品
三			光背	一八一	四五點三	傳二〇〇四年壽光出土	未見收録僅見品
四		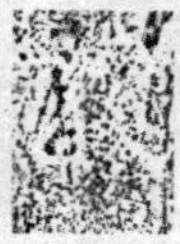	光背	一八五	四五點二六	傳二〇〇四年壽光出土	未見收録僅見品
五			光背	一八三	四一點七	二〇一三年購入，原臺灣劍花樓舊藏	未見收録
六			刀	一八四	四九點六	傳二〇〇四年壽光出土	未見收録罕見
七			亻亻	一八五	四五點一	二〇一三年華夏古泉拍賣	未見收録背文僅見
八		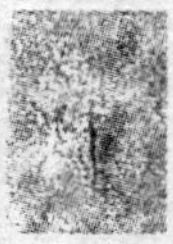	丨	一八四	四七點六	原爲馬定祥藏品，二〇一二年收入	未見收録僅見
九	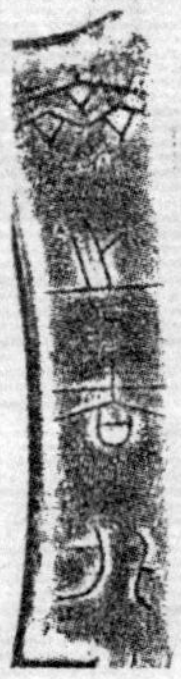		亻	一八八	四八	二〇一三年購入，原臺灣劍花樓舊藏	未見收録少見

頁碼	面文	背文	背文釋讀	通長（毫米）	重量（克）	徵集時間和地點	備注
二一		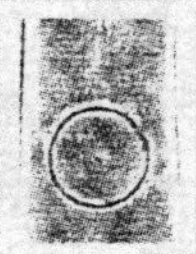	日或璧	一八七	四七點八	二〇一三年西泠拍賣所得	刀環特大
二二	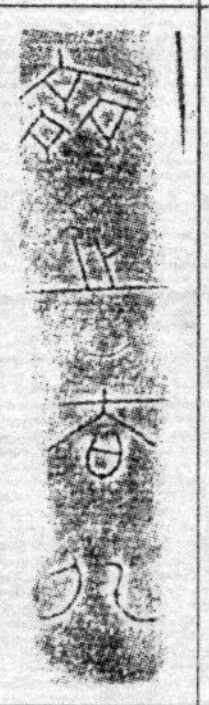	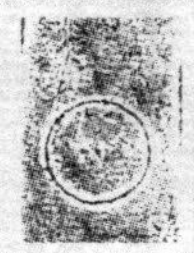	日或璧	一八九	四三點六五	二〇〇四年自日本回流	背文高挺
二三			日或璧	一八五	四四點九	二〇一二年自天津購入，原邱氏舊藏	山東徐克藏
二四	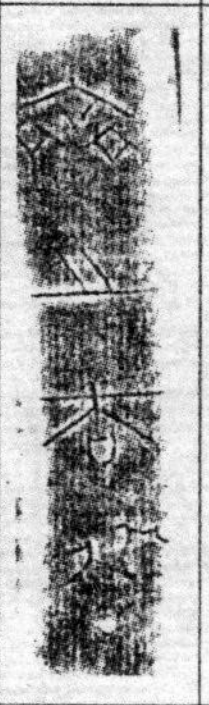		日或璧	一八七	三九點七九	一九九八年收集，出處不詳	刀環大而規整
二五		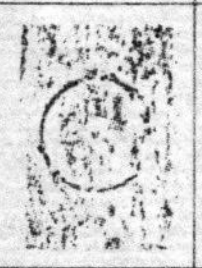	日或璧	一八六	四二點五八	二〇一五年得自青島，傳爲日本回流品	
二六			上	一八三	三七點四	傳二〇〇二年臨淄出土	大字少見
二七			上	一八八	四二點九	傳二〇〇九年高密出土	刀型古樸罕見
二八			上	一八五	三九點七九	二〇一三年廣州購入，美國回流品	背文高挺
二九			上	一八八	四三點二	二〇一三年徵集，臺灣劍花樓舊藏	背文小字少見
三〇			上	一八五	四六點六	二〇一三年購入，臺灣劍花樓舊藏	『齊』字寫法少見
三一	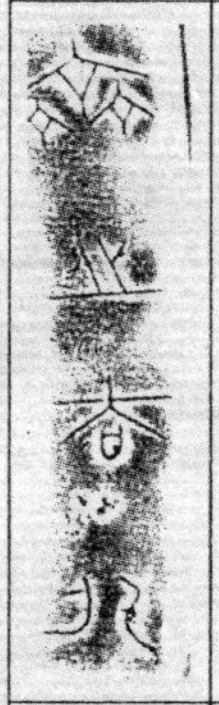	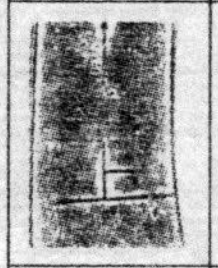	上	一八七	四七點三	二〇一七年得自廣州，日本回流品	山東孫進龍藏

頁碼	面文	背文	背文釋讀	通長（毫米）	重量（克）	徵集時間和地點	備注
四三			大昌	一五七	四〇點一五	二〇一五年從嘉德拍賣會購入	目前已知八枚
四四			大昌	一五八	四〇點四	二〇一四年得自保利拍賣會 傳泰安汶河出土	目前已知八枚 山東徐克藏
四五			大	一五八	三七點八	早年得自北京拍賣會	背文少見 未見收録
四六		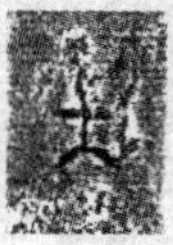	大	一五五	三九	傳二〇一二年臨沂沂河出土	東營錢幣博物館藏
四七			大	一五七	三八點七	傳出臨沂	背文少見
四八			刀	一五八	三三點八	傳二〇〇八年諸城出土	背文難見
四九			疑爲刀	一五八	三一點八	傳二〇〇八年諸城出土	背文難見
五〇			凵	一五六	二六點一三	二〇〇四年得自香港	未見有録 背文僅見
五一			>	一五八	三九點六	二〇一三年購入，臺灣劍花樓舊藏	未見有録 背文僅見
五二			丨	一六四	三八點五	傳二〇〇七年臨淄出土	齊國文字博物館藏
五三			刀或人	一五七	三六點一	拍賣所得	未見有録 山東張立俊藏

頁碼	面文	背文	背文釋讀	通長（毫米）	重量（克）	徵集時間和地點	備注
六五			草	一五九	三四點八	一九九六年得自北京琉璃廠	山東孫進龍藏
六六			丨	一五五	三二點九	傳一九九二年平度出土	背文待考未見收録
六七			丨	一七〇	三四點〇	傳二〇一三年高密出土	背文待考未見收録
六八		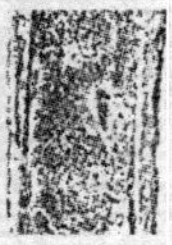	丨	一六二	三八點一	二〇一三年拍賣所得	背文僅見未見收録
六九			一	一五九	三八點二	二〇一三年得自嘉德拍賣會	背文待考未見收録
七〇			三	一六〇	二七點三三	二〇一五年自日本回流	背文少見
七一			三	一六二	三五點九	傳一九九〇年高密出土	山東大順世界錢幣博物館藏
七二			七	一六二	三三點八	傳二〇〇七年桓臺出土	山東陳旭藏
七三		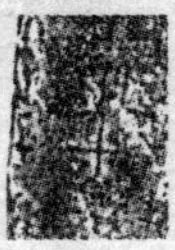	七	一五七	三四點三二	二〇一三年自日本回流	未見有録
七四			七	一五六	三二點三六	出處不詳	刀環特大
七五			七	一六四	三七點二	傳一九九七年壽光出土	山東孫進龍藏

頁碼	面文	背文	背文釋讀	通長（毫米）	重量（克）	徵集時間和地點	備注
八七			待考	一五八	二七	二〇〇四年得自烟臺	背文未見收録
八八			待考	一六一	四三點九	傳二〇〇七年高密出土	背文難釋
八九			待考	一五八	三四點九	傳一九九六年沂水出土	未見收録
九〇			待考	一五六	二二	早年得自嘉德拍賣會	背文寫法僅見
九一			待考	一五六	三六點三	拍賣會所得	山東張立俊藏
九二			无文	九一	一八點七五	傳世品，早年爲濰坊陳氏舊藏	殘，面文寫法少見
九三			无文	一二〇	三二點七	傳二〇〇五年臨淄	殘，背無文
九四			无文	一五九	二六點三	傳濟南西郊出土，早年得自青島	刀身細長，光背
九五			无文	一五八	三一點一三	傳二〇〇五年泰安出土	『刀』字寫法少見
九六	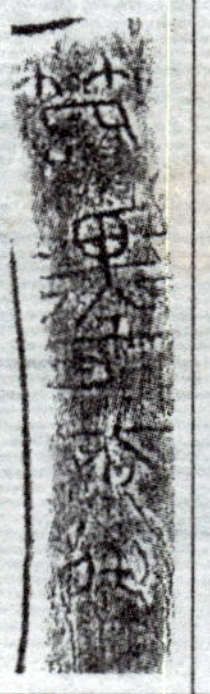		无文	一五七	三〇點八六	出處不詳，二〇一四年獲得	『刀』字寫法少見
九七			无文	一六〇	三九點六一	傳早年泰安汶河出土	背文不清難識

後記

這部《齊國四字刀百拓集》是繼《齊國三字刀百拓集》之後的第二部齊國刀幣專輯。不斷完成齊國刀幣拓集是我多年來的夢想之一。

作爲一個土生土長的臨淄人，我對臨淄、對齊文化充滿了無比的熱愛。正是這種熱愛，促使我自覺自願地、有針對性地、成系列地去收藏散落在民間的各種與臨淄和齊文化有關的文物。在收藏這條路上，我經過三十餘年的不懈努力，從二〇一二年起，先後編輯出版了《齊國陶拍》《臨淄地方幣》《齊地貝幣》《齊國三字刀百拓集》四本圖書。其中，《齊國陶拍》還榮獲了國家優秀古籍圖書二等奬。這些圖書的出版，算是對養育我成長的熱土的回報，也是對關心和幫助我的人們的答謝。

《齊國四字刀百拓集》的出版、發行，不是我一個人的功勞。感謝中國錢幣博物館原館長黄錫全先生對書中一百零八張拓片的全部内容加以釋讀，爲本書作序，并爲本書題字與題簽。感謝中國錢幣博物館原館長戴志强先生爲本書題字。在此，向兩位前輩鞠躬致謝！本書的編纂還得到復旦大學教授施謝捷先生、山東省財政廳孫玉波先生、濰坊市博物館孫敬明先生、齊魯書社劉玉林先生的指導和幫助，在此向他們表示衷心的感謝！

本書拓片農夫山房所用收藏印章由上海唐存才、湖州葉克勤、臨淄邊濤所製，對三位先生表示感謝！

還要特别感謝我的父母、妹妹，以及我的妻子王海燕、兒子孫進龍等親友對我多年來的理解和支持。感謝多年來先後幫助過我的人們！

四字春刀藏奥妙
生辉墨拓照迷津

丁酉黄锡全题

黄锡全

大化之間的關係問題、背文種類及含義問題、鑄造工藝問題等、都還需要作進一步探討

孫氏永行先生側重搜集齊刀、格外留意四字刀、不僅注意實物的品相種類、而且詳細記錄各品發現情況及有關數據、并精心製作拓片、現在他擬將這些資料編排印刷供大家參考研究、值得稱讚！這是他繼《齊國三字刀百拓集》之後的第二部選拓集、相信這部目前收錄四字刀最全品種之選拓集一定會受到大家的歡迎、對於進一步收集和研究相關問題發揮重要作用

孫先生數次來京、請我為其拓片資料書寫文字、并要求毋需署名蓋章、我因有它事及意見不一曾一再推辭、終因有感其執著而還就其意、望讀者能夠理解

丁酉春月於北京無為齋黃錫全

錫全鑒賞

背面横紋、星號，多數光背。大型齊刀中，只有小四字刀有此特點。這種刀鑄量不大，傳世和出土較爲少見。許多背文符號與齊國出土尖首刀十分相似。如果尖首刀爲中國最早刀幣，那麽這種斷脊明顯、鑄造精美的小四字刀則有可能是齊地早期刀幣之一。不斷脊者可能爲後期所鑄，大致年代與最早期三字刀同時。小型四字刀與即墨之大刀五字刀對比，其重量平均爲齊大型刀幣之三分之二，是否爲大型刀幣的一種輔幣，還需要深入研究論證。前人或把小四字刀定性爲民間私鑄，現在看來似乎太不合適，因這種刀在山東境内多有發現，出土、流通分布較廣，背文也多樣化，故這種意見難以令人信服。

五、农夫山房主人三十餘年過手齊國四字刀百餘枚，特别留意搜集面文特别、背文不同之各個品種，詳細記録發現或出土地點、流傳經過及重量、尺寸等，以便研究。

六、本輯是目前有關齊國四字刀背文不同且收録最全的專輯，目的是爲研究齊四字刀鑄造年代和背文的錢幣學者、齊文化研究者、古文字學者及有關讀者，提供第一手資料。

七、本輯共收録齊國四字刀一百零八枚。其中，齊之大刀三十八枚，即墨大刀七十枚，全部爲實物原拓。正反拓片二百一十六幅，印行五百册，編號發行。

八、爲便於檢索及綜合研究，拓片基本按面文、背文寫法變化順序，先按面文不同寫法，再按背文异同排列，有關信息如出土時間、地點、重量、資料等記録其下。另編有索引，以便查閱參考。所見背文釋讀，還有待進一步斟酌研究。

九、本輯中一百零八張拓片内容、前言及書名、題詞全部懇請黄錫全先生手書，并還就編者於每張拓片上署名蓋章。

十、本輯拓片由李永剛、王麗、劉偉精心拓製完成。

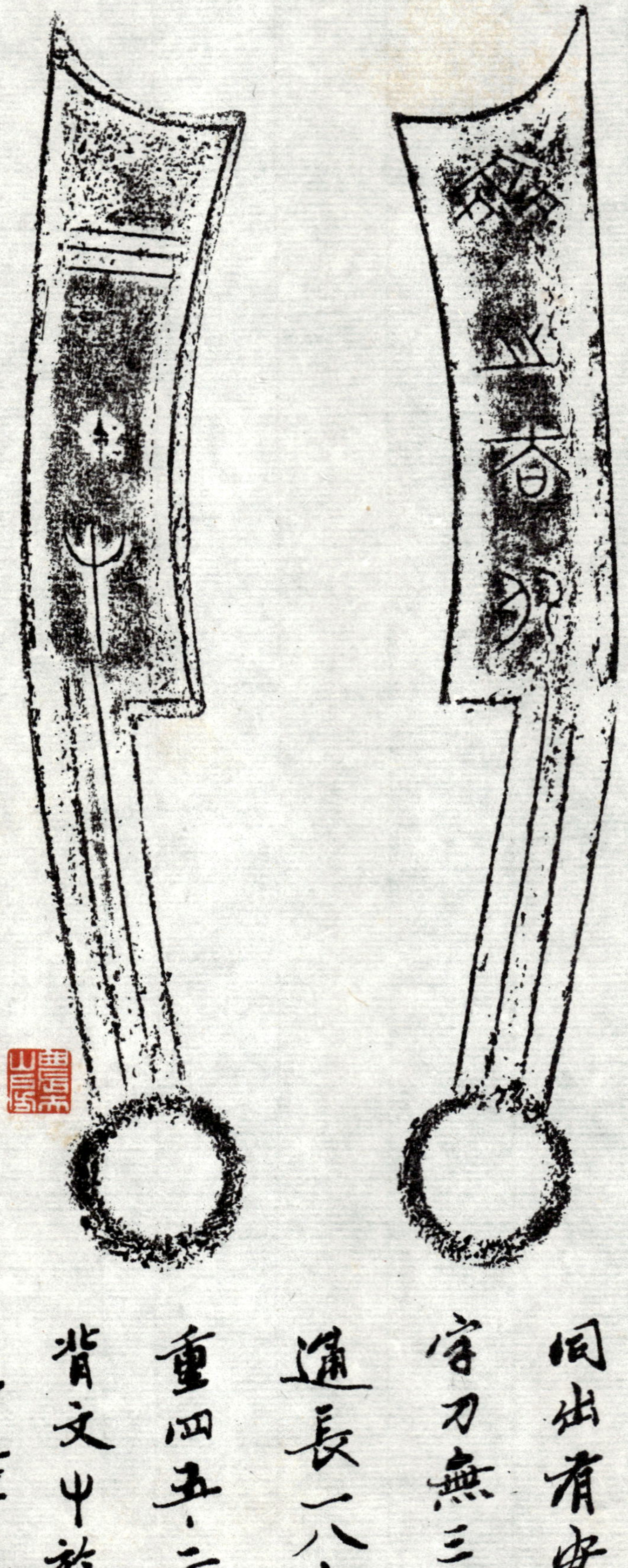

齊之法化

傳二〇〇四年出自壽光

同出有安陽即墨五字刀無三字大刀通長一八.五釐米重四五.二克背文中於四字同類刀中僅見

丙申黃錫全

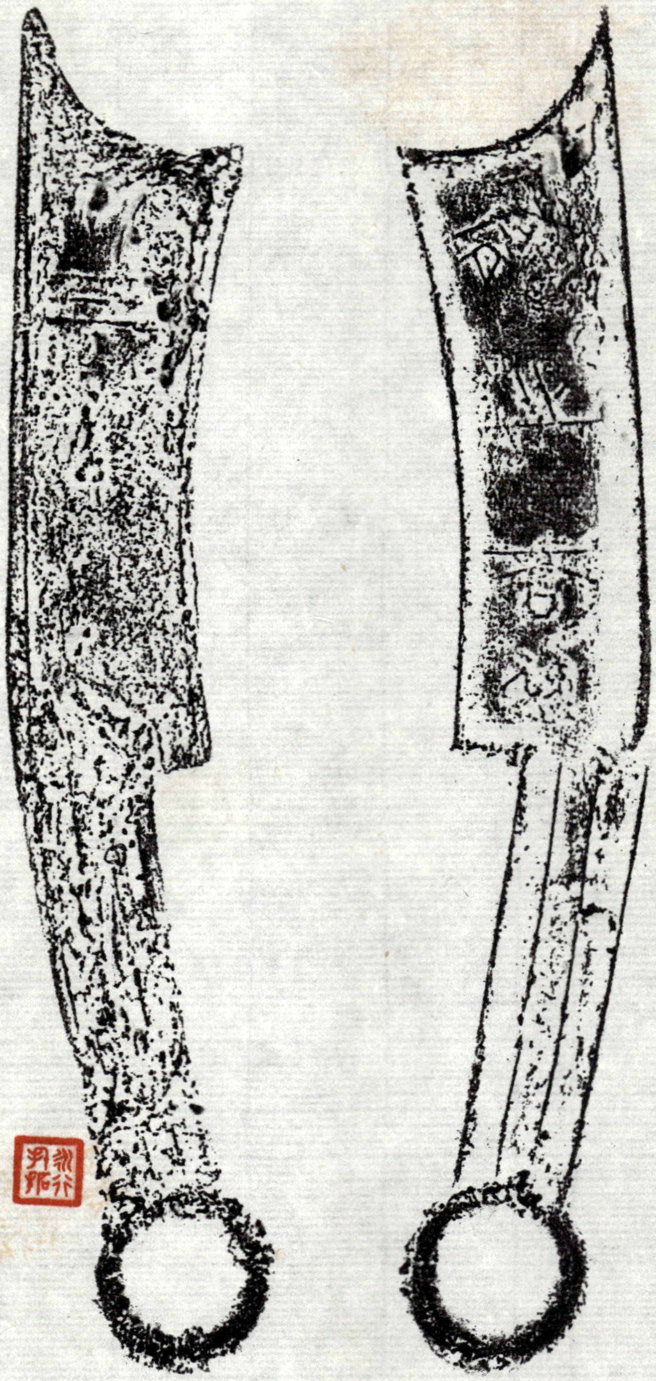

齊之大刀　背文不清外廓斷於楝之上端

二〇〇四年傳出山東壽光同出多為齊多字刀

通長拾捌點伍釐米

重肆拾伍點貳陸克

背面銹蝕較重

丙申秋黃錫全

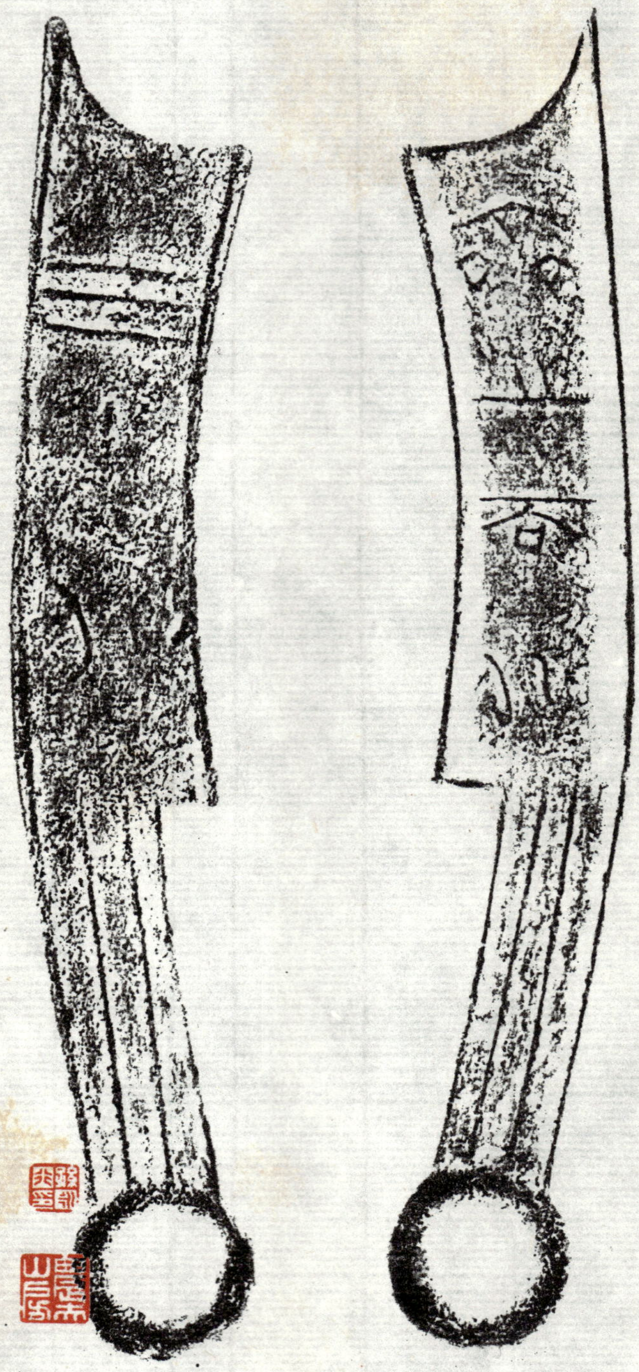

齊之大刀 此枚鑄造較為粗糙

二〇〇四年出自山東壽光同出多為齊大型多字刀

重四九・六克

背文ㄋ同類刀中少見

丙申秋黃錫全

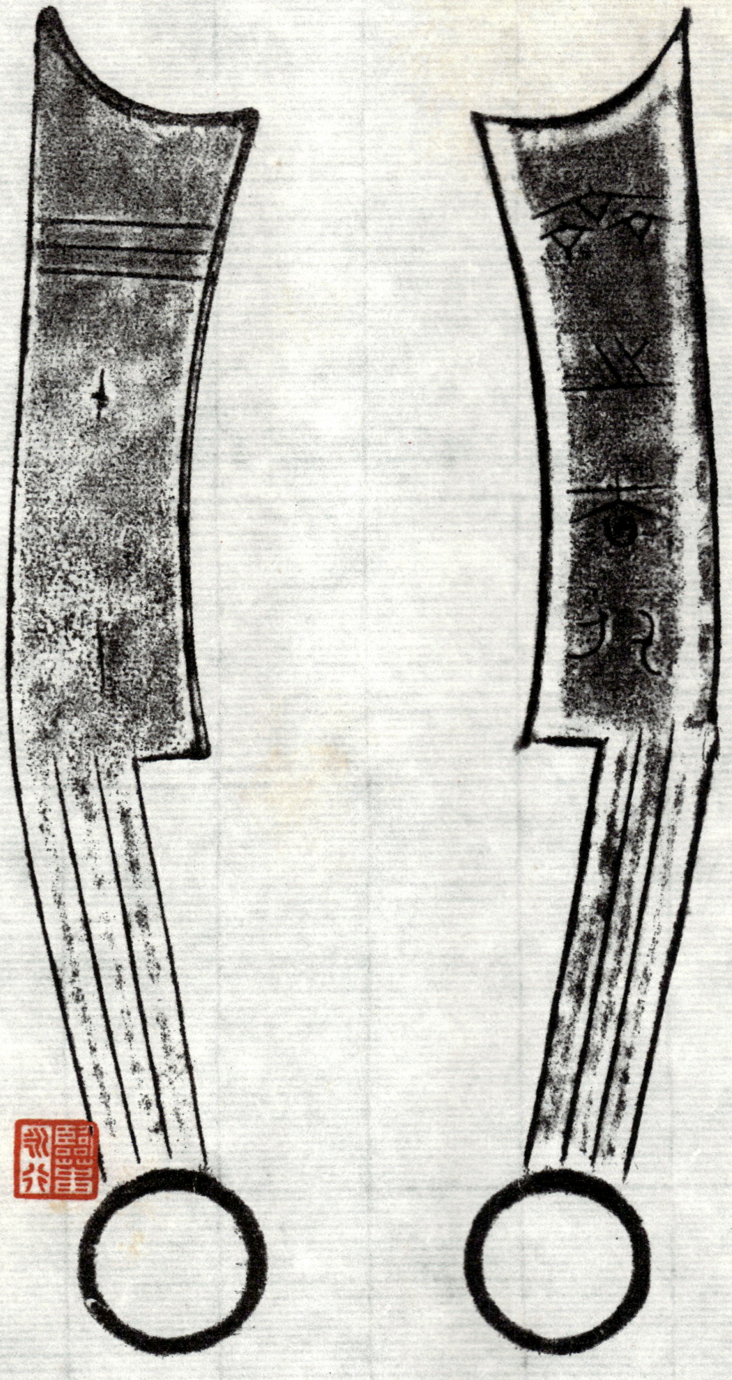

齊之大刀傳世老生坑原為馬定祥所藏

長一八·四釐米

重四七·六克

品相極佳

背文丨

丙申夜黃錫全

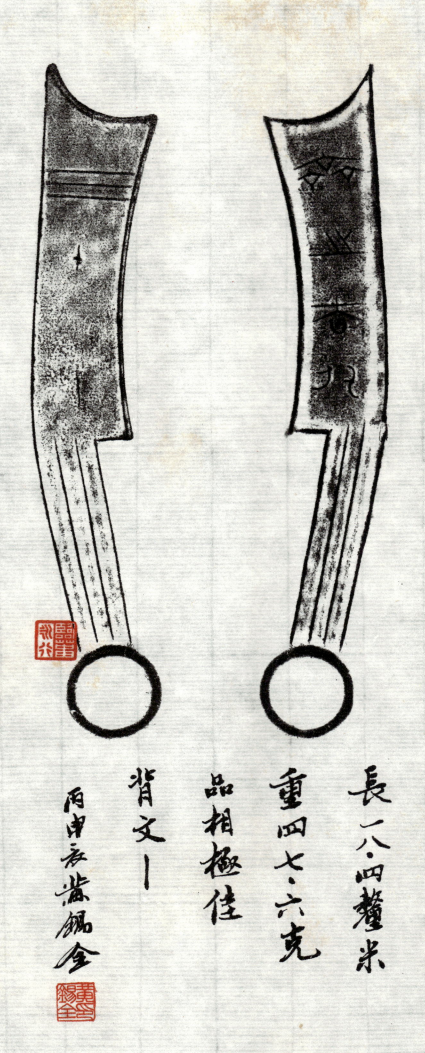

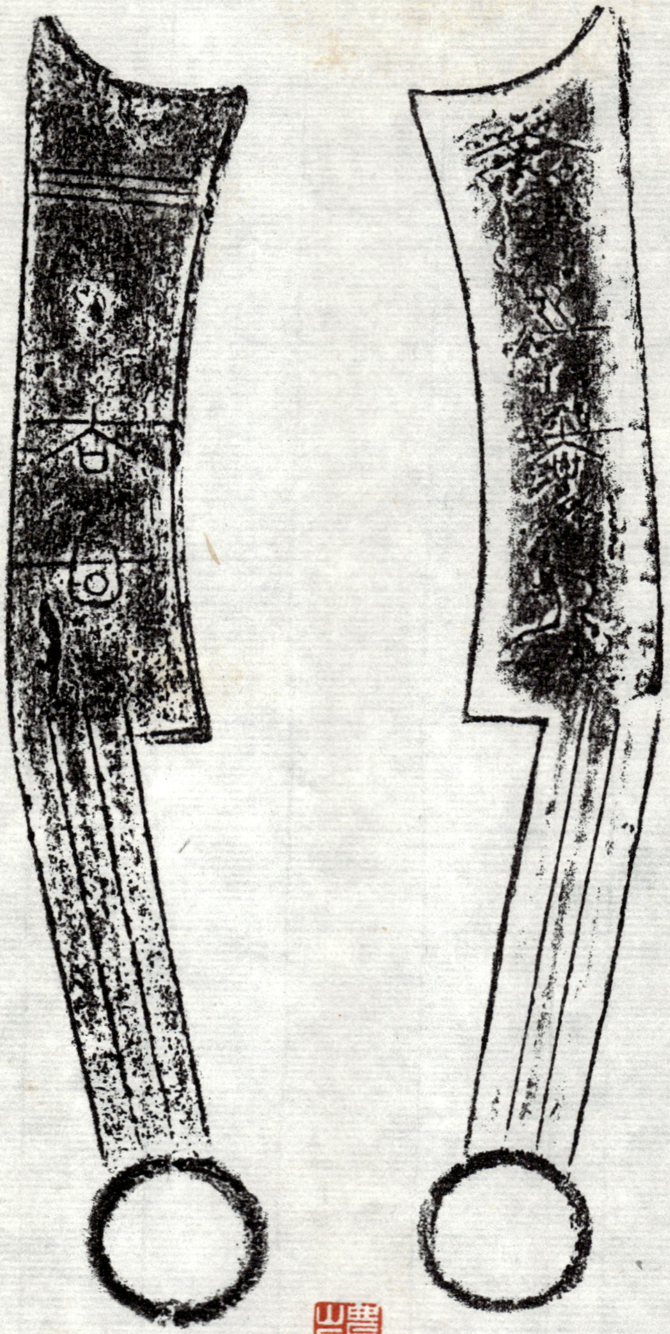

厽止杏化

二〇一四年得自嘉德拍賣會刀尖有闕

重肆拾伍點壹肆克

杏甘即大昌

丙申秋黄錫全

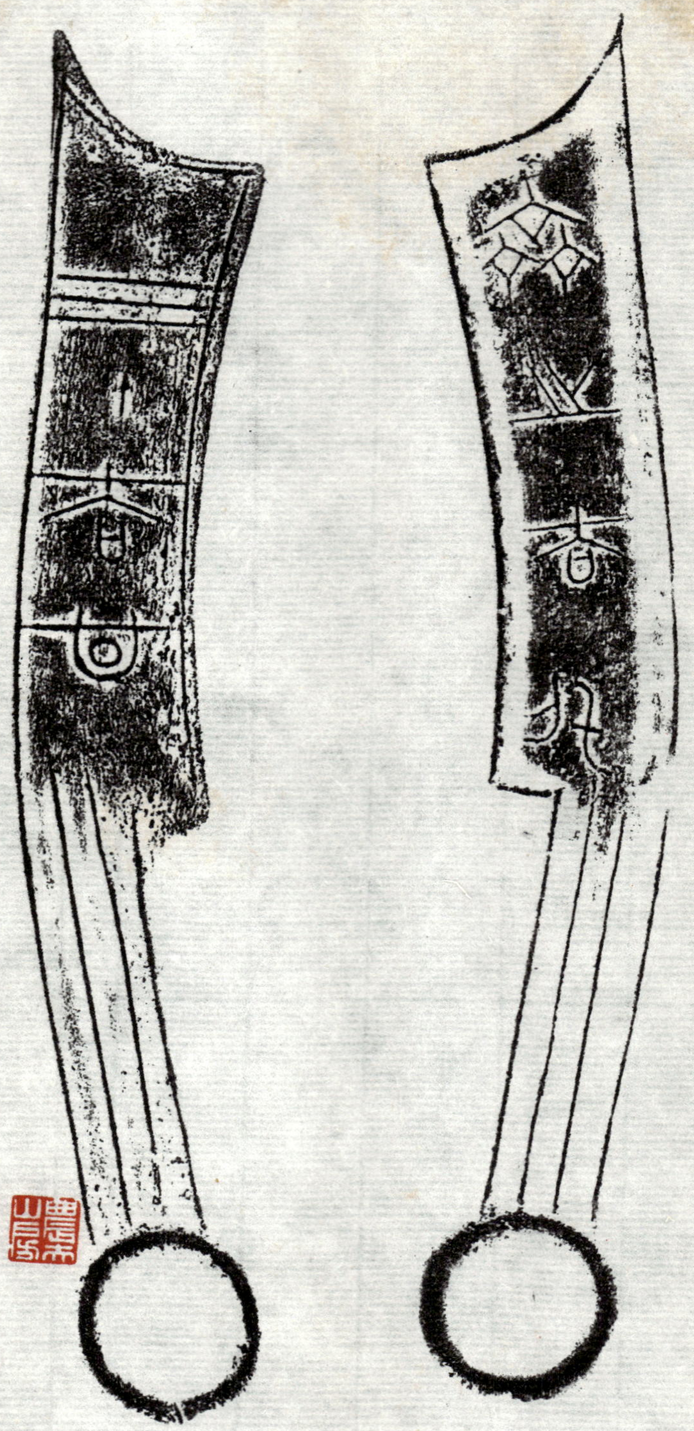

齊之杏化　背文杏甘　字形較大重肆拾柒點柒克

丙申秋月　嘗觴金鑑賞

多金鑒賞

一九八七年八月出自山東高密通長拾玖點壹釐米

齊之大刀

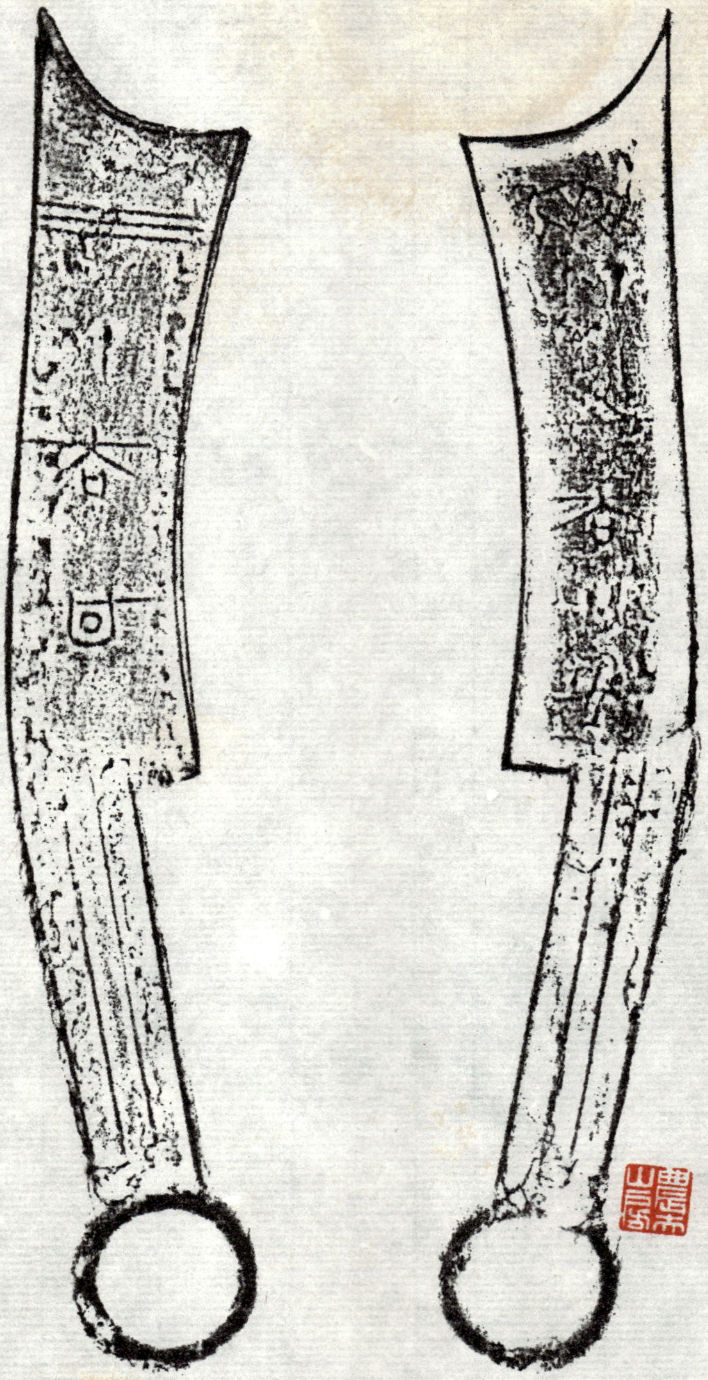

二〇一一年得自景星麟鳳拍賣會為二一二一號拍品

長一八·七釐米

重四五·二克

背文或讀法昌或讀大昌

黃錫全

厽止杏北

刀尖較長重肆拾伍點壹克長拾捌點捌釐米二〇〇二年誠軒拍品出處不詳

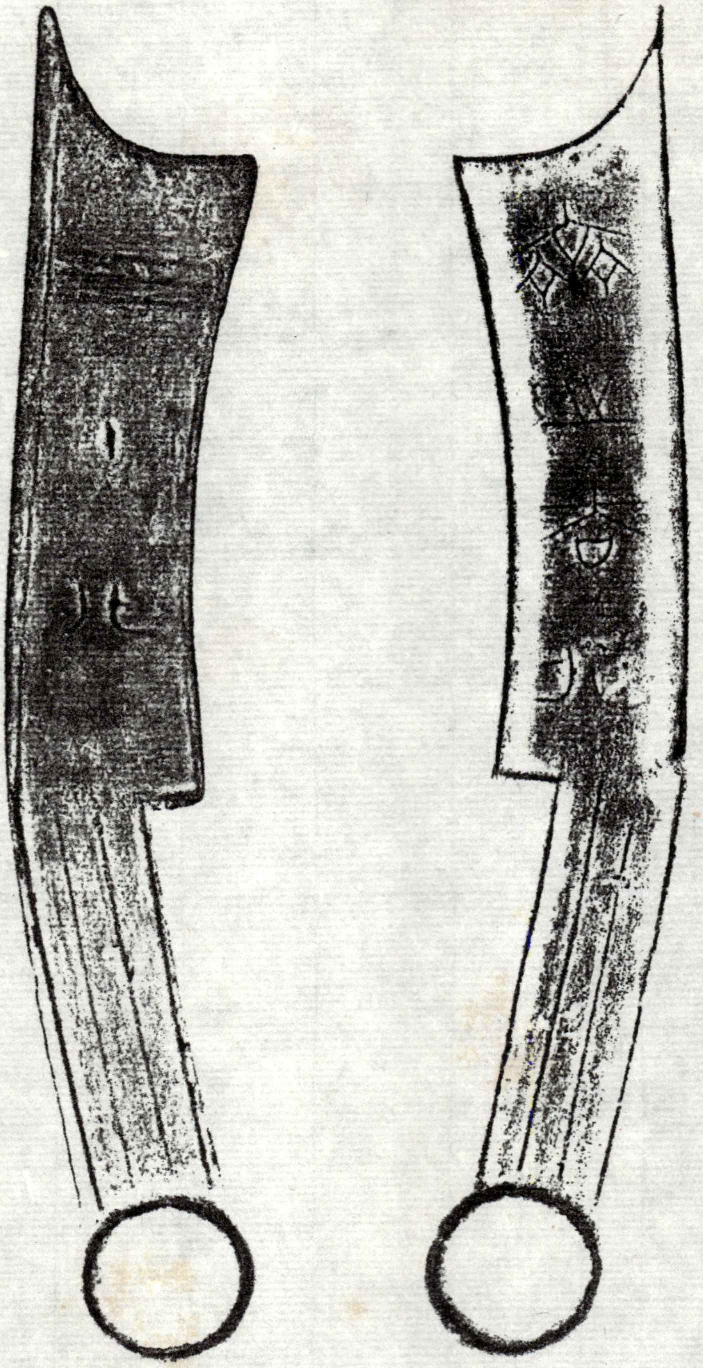

背文北即邶

丙申春月黃錫全

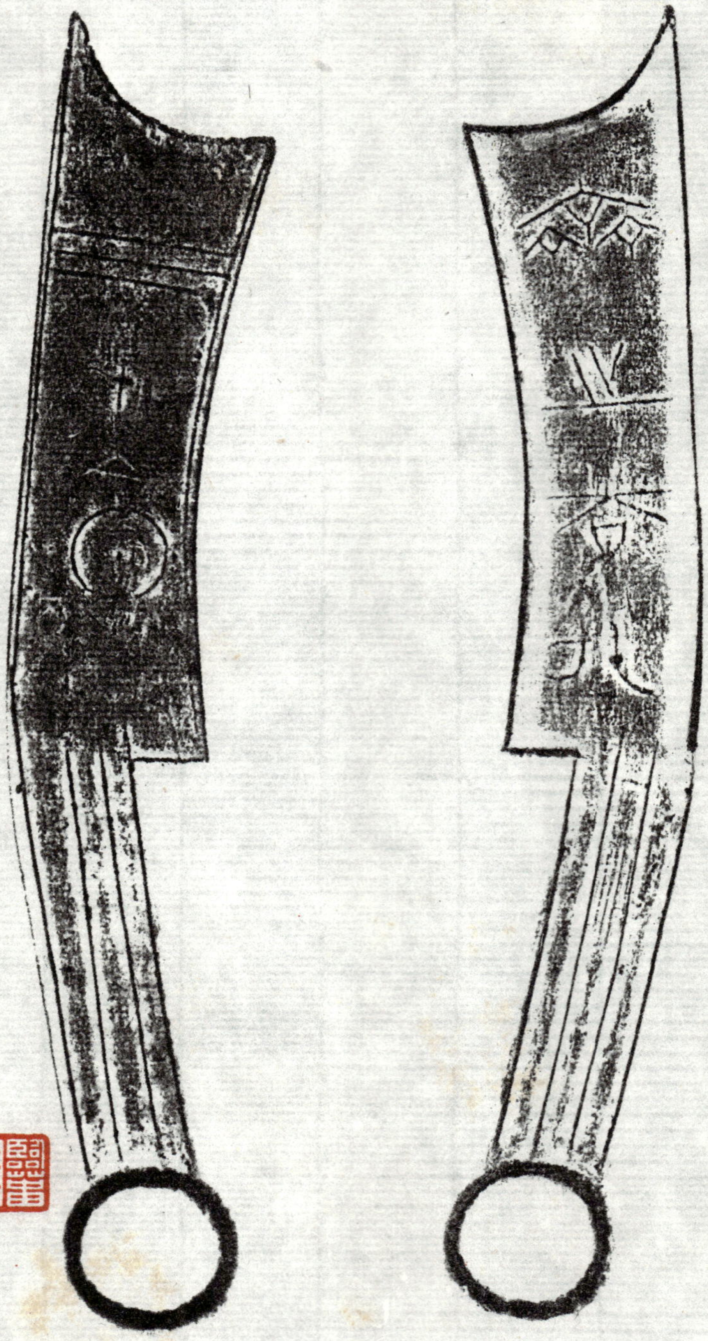

𠫭业杏儿 二〇一〇年自日本回流傳世老生坑

丙申秋月 黄錫全鑑賞

⊙上陰刻△其意不明重叁拾玖點壹克

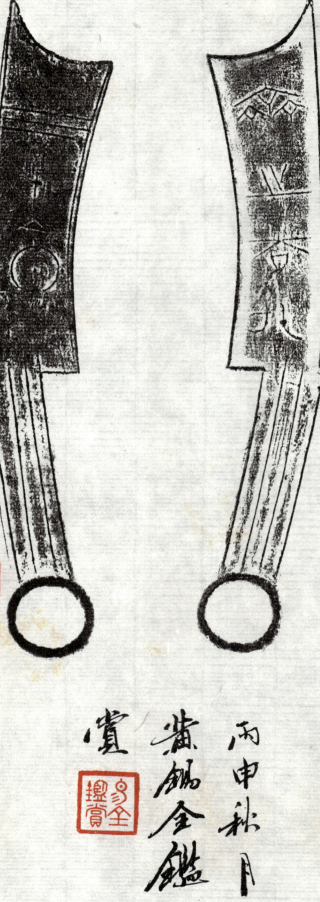

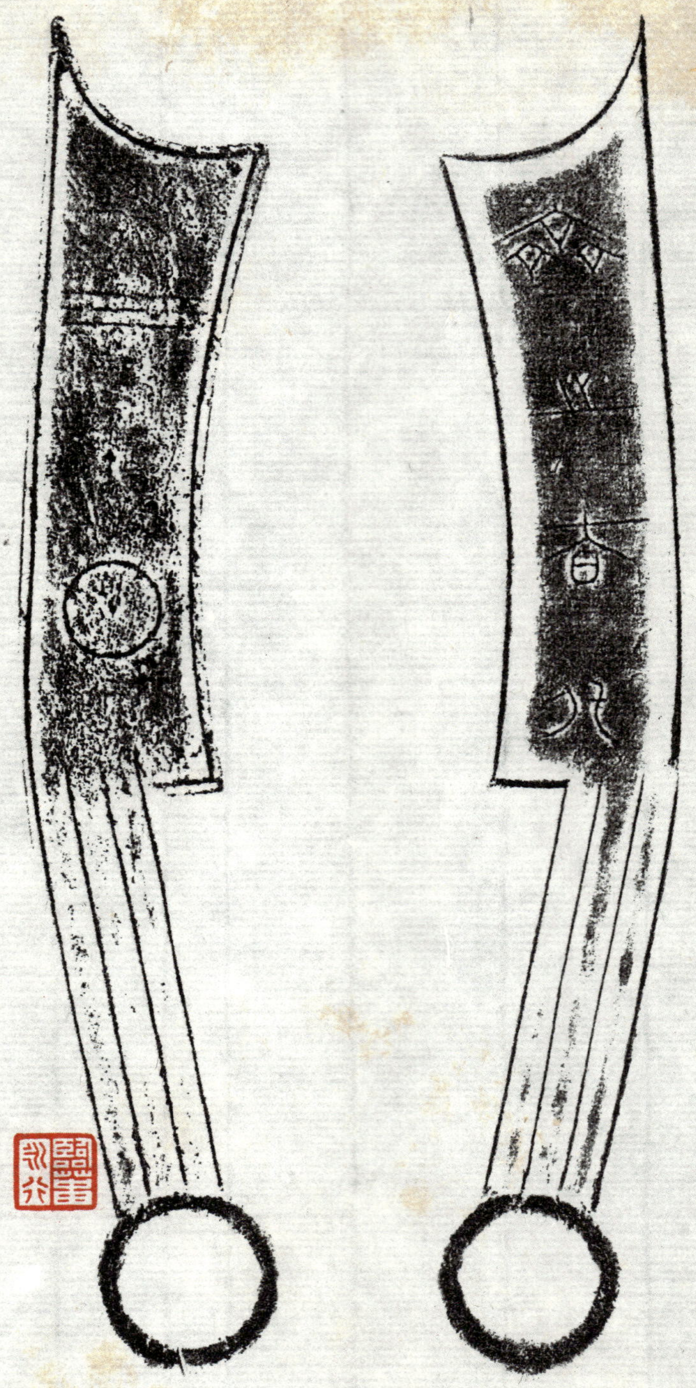

谷止杏化

二〇〇四年出自壽光約有十餘枚鑄作精良此枚重四七·一八克背文⊙或釋日或釋璧

丙申黃錫全

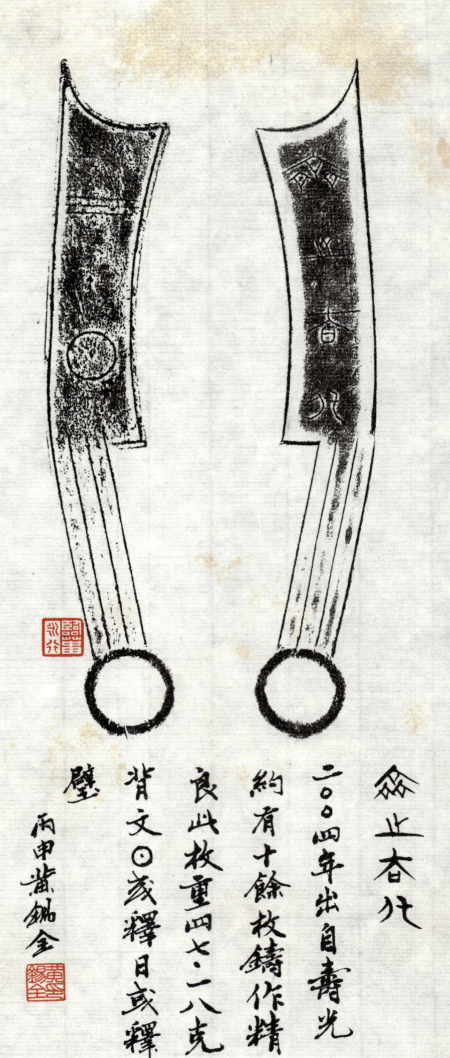

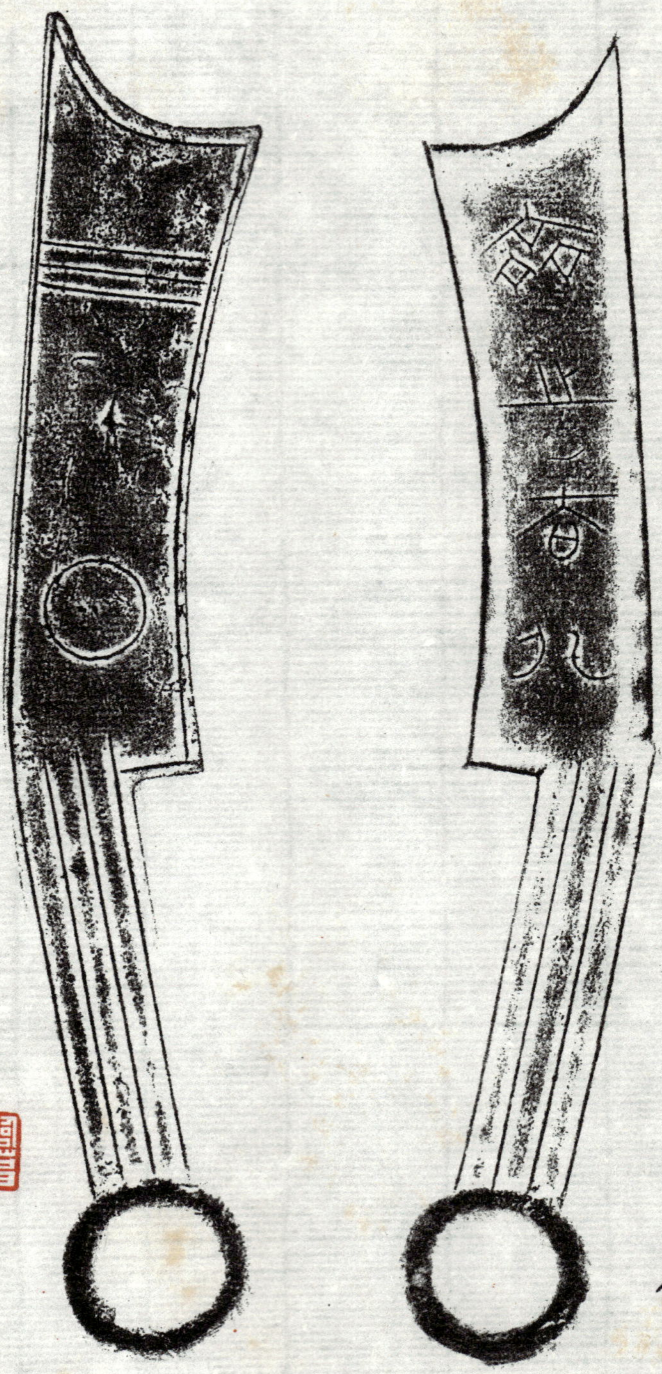

厽止杏九

二〇〇四年自日本回流

重肆拾叁點陸伍克

背文⊙似璧

丙申秋黃錫全

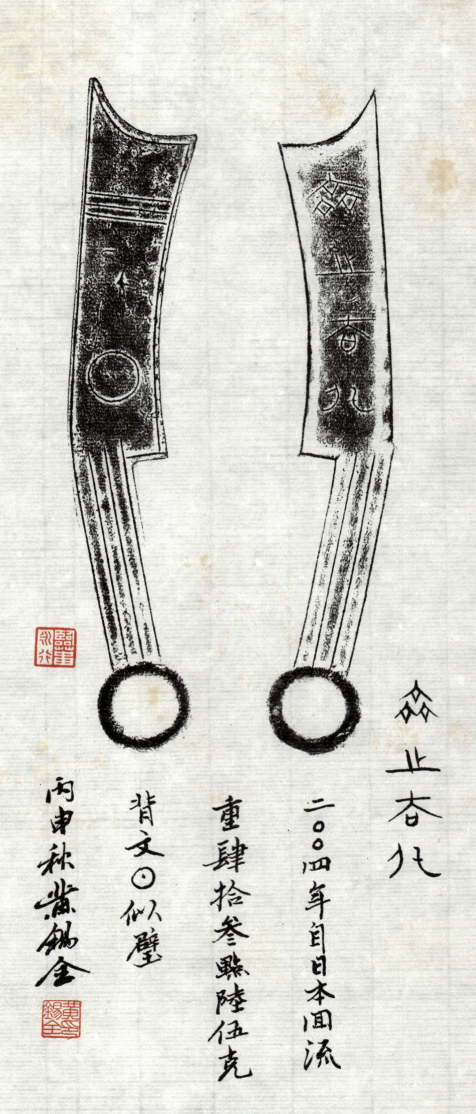

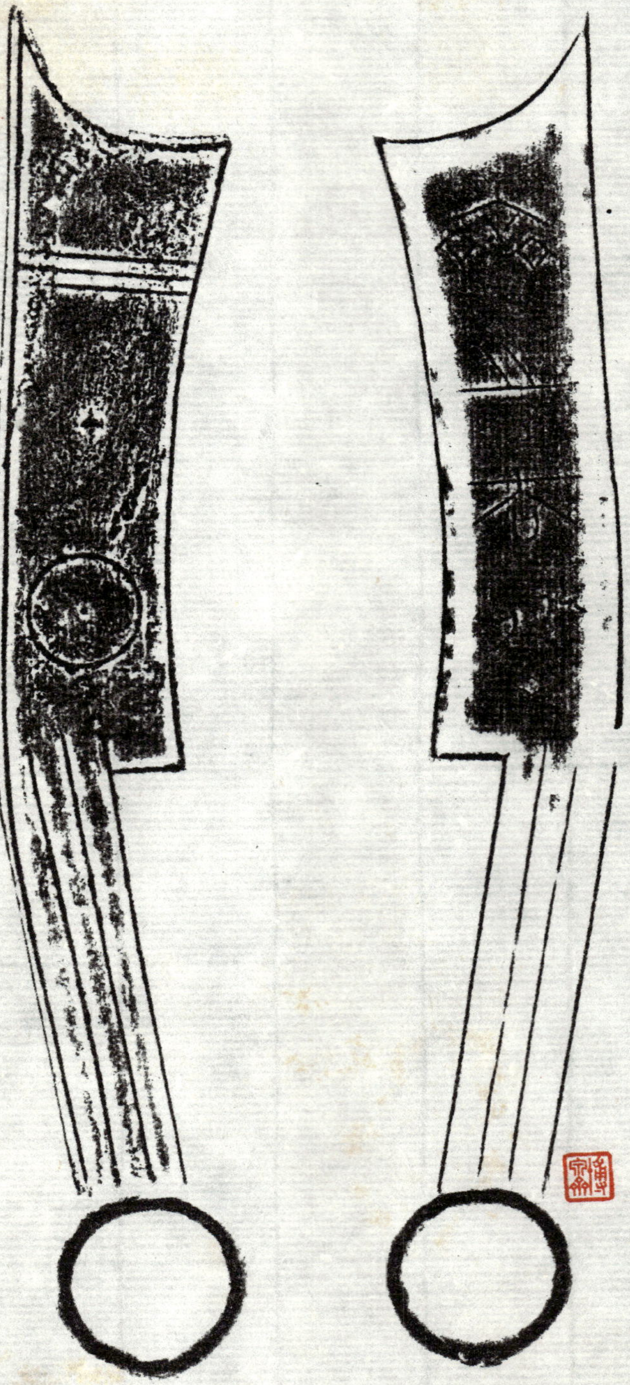

齊之法化

傳世品出處不詳
重叁拾玖點柒玖克
背文⊙或釋璧

丙申黃錫全

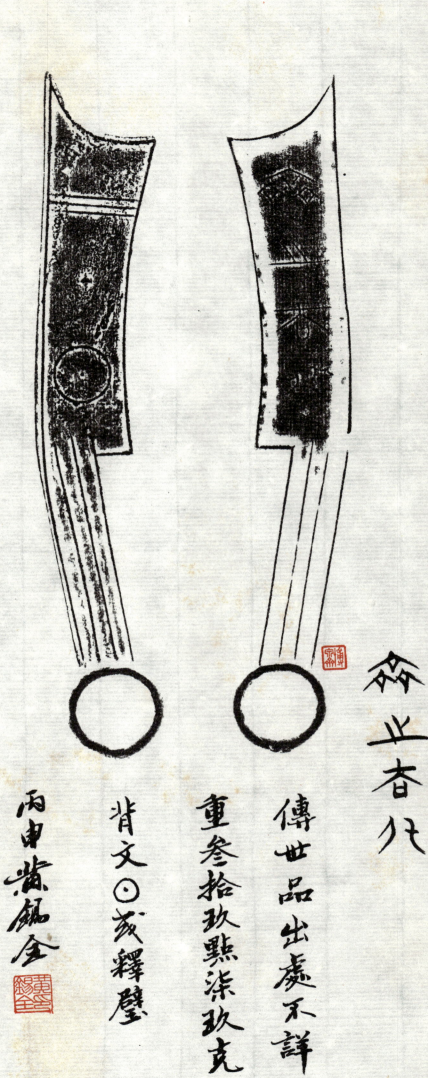

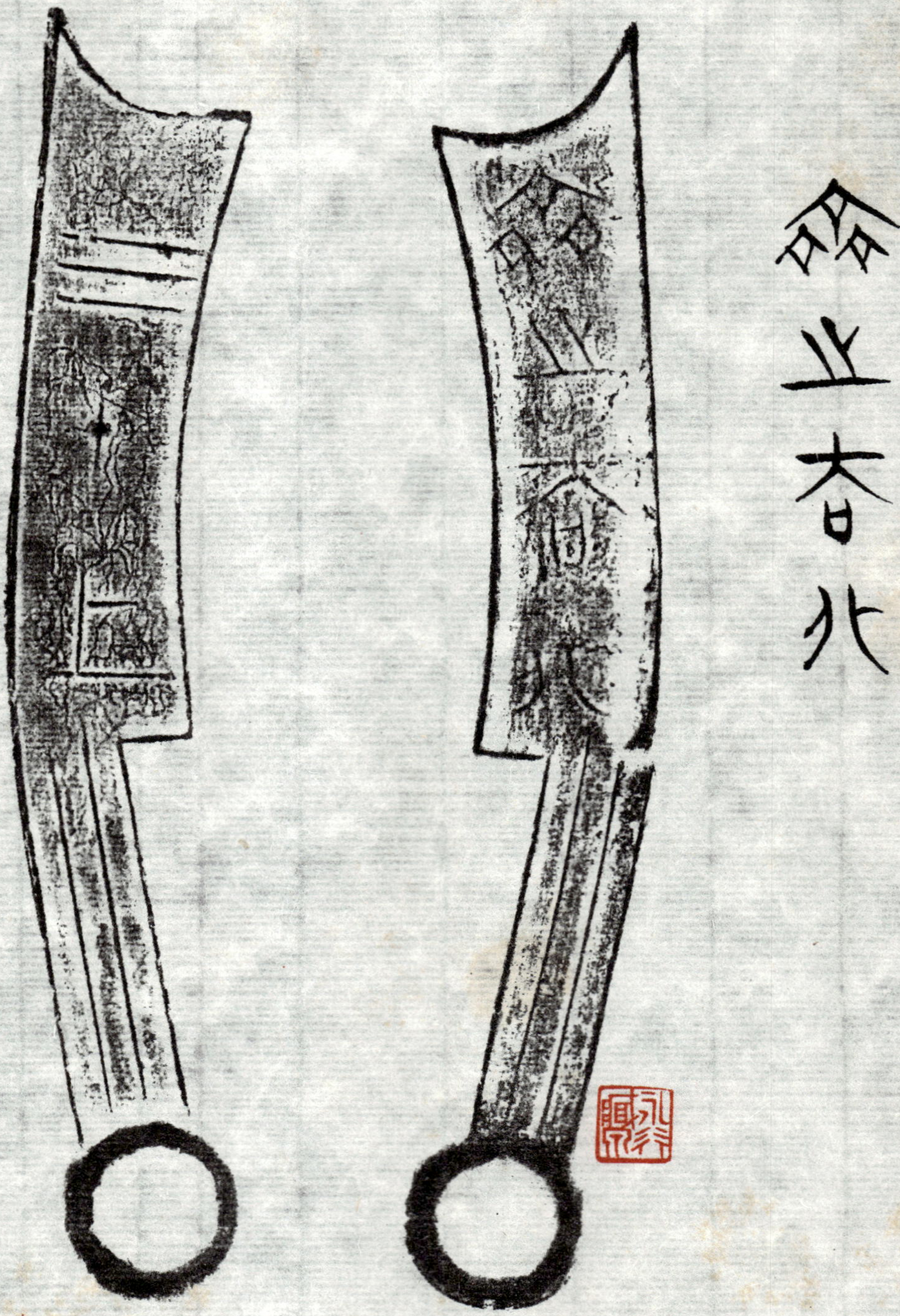

刀文勁健特別
二〇〇二年購入傳臨
淄劉氏舊藏
長一八·三釐米
重三七·四克
背文上即上字
丙申黃錫全

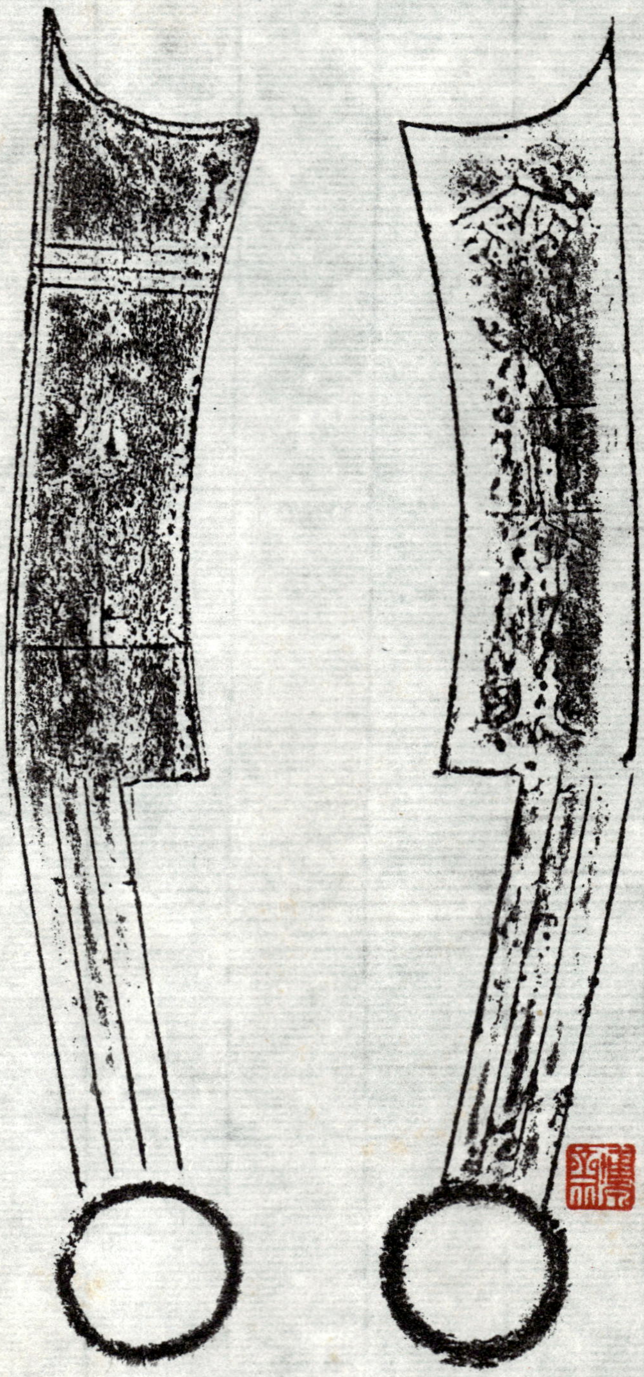

齊之大刀

該刀自美國回流

二〇一三年得於廣州

重叁拾玖點柒玖克

背文上高挺

丙申秋黄錫全

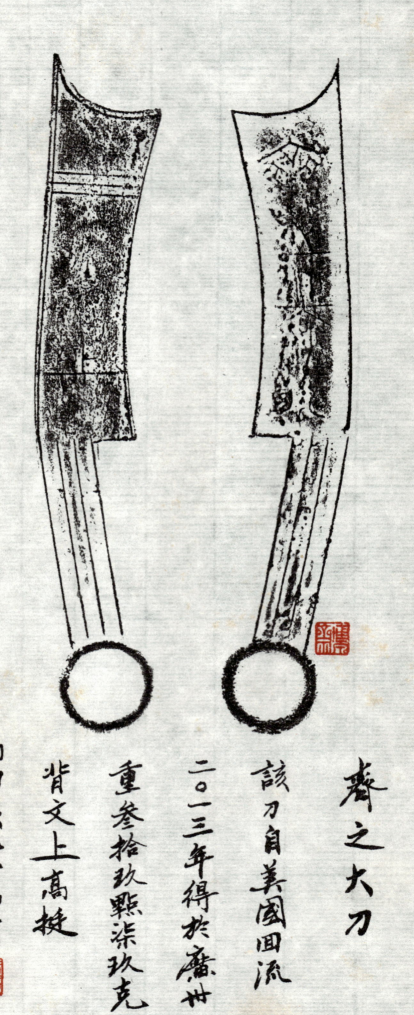

齊之大刀　齊作亝罕見

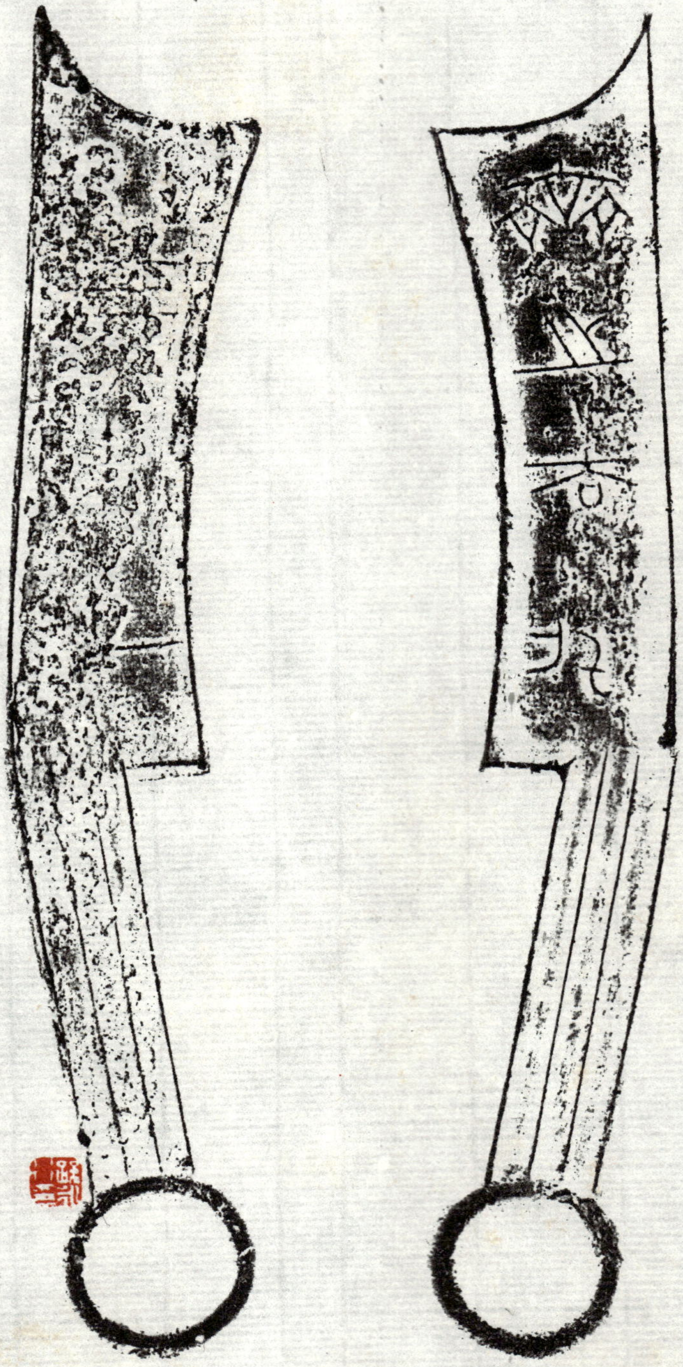

臺灣劍花樓舊藏
二〇二三年一月柒日購入
通長拾捌點伍釐米
重肆拾陸點陸克
背文上

黃錫全

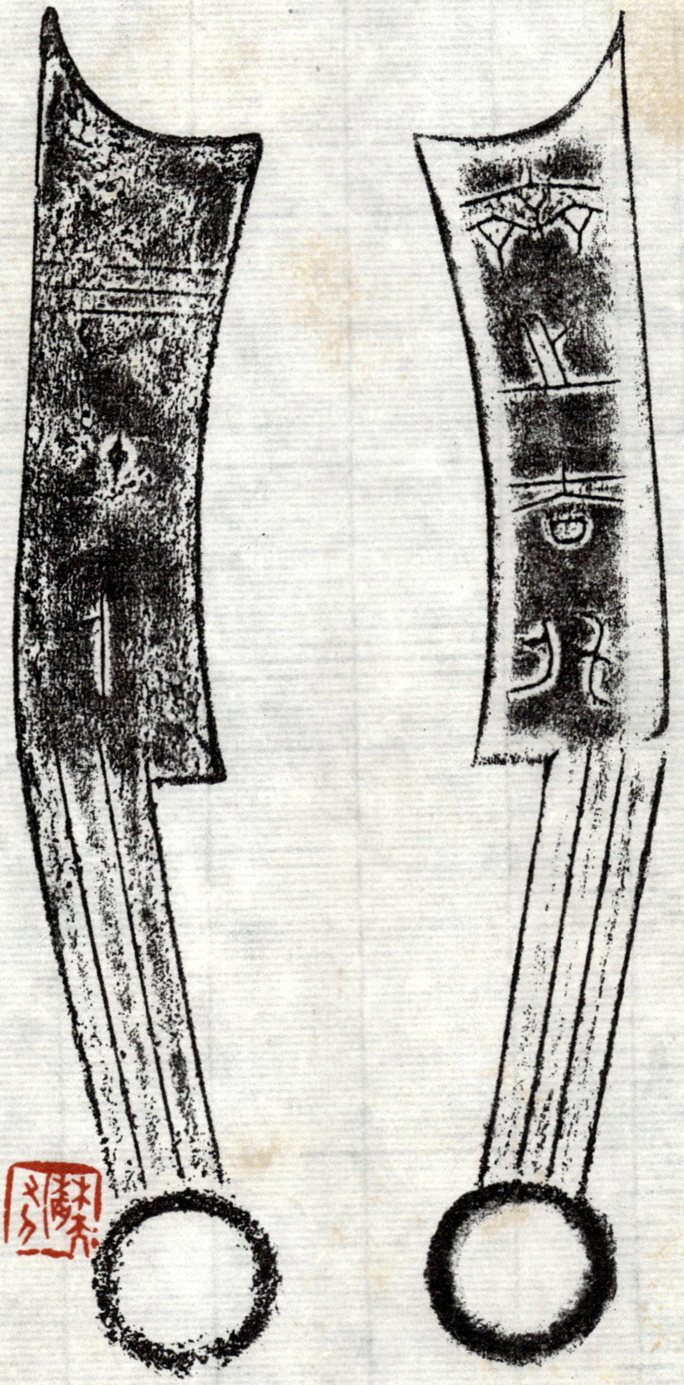

齊之大刀 二〇〇四年出自山東壽光

同出多為齊多字刀

通長一八·六釐米

重四七·五克

此品未流通

背文卜即卜字

丙申黃錫全

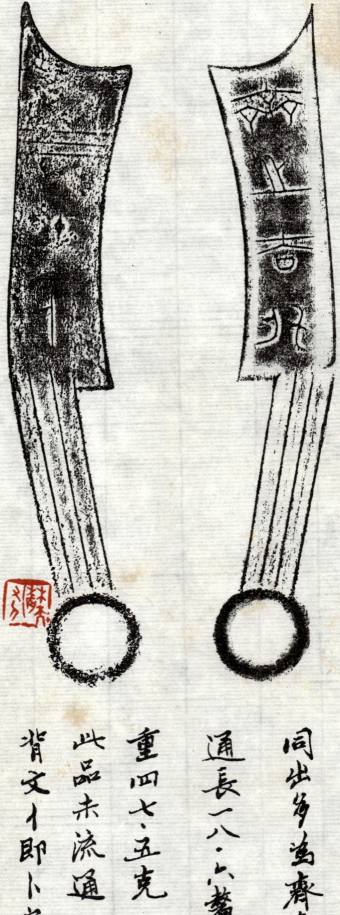

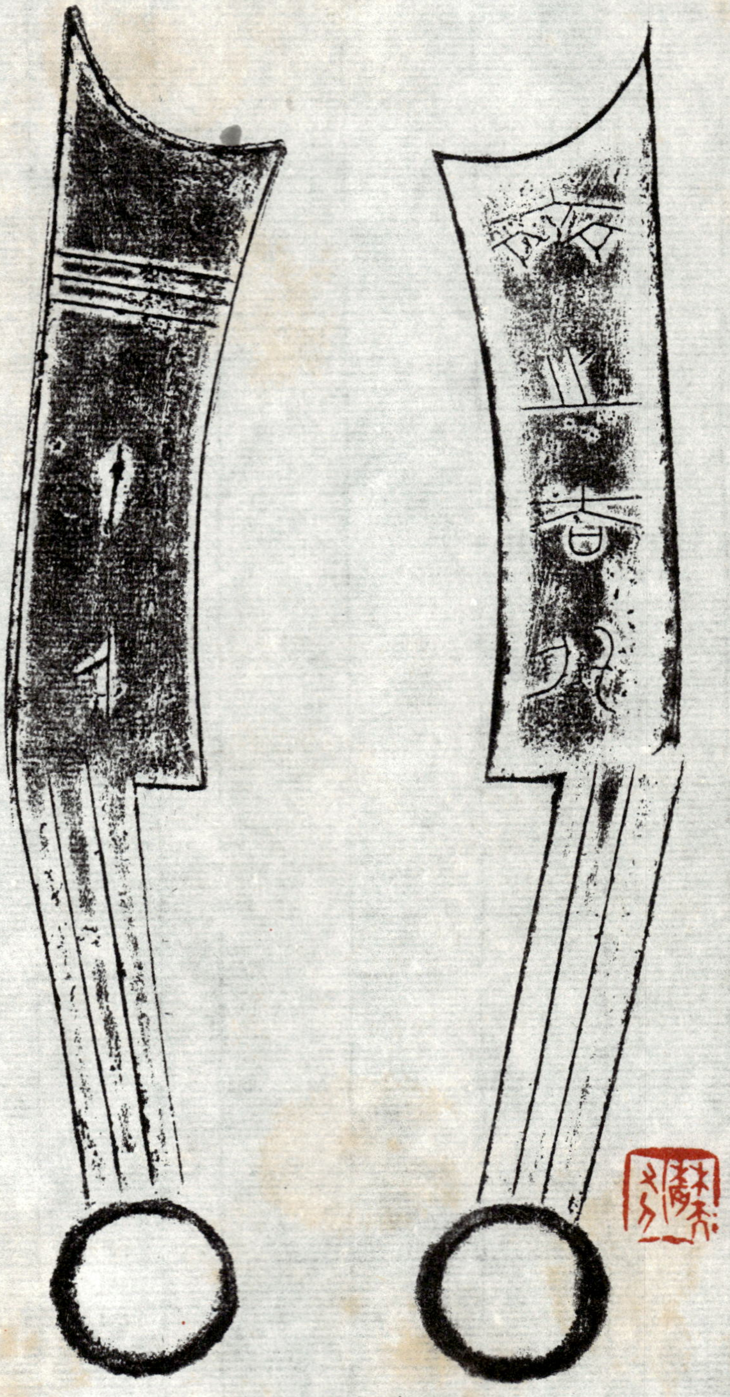

厽止杏化

通長拾捌點柒釐米

重肆拾伍點貳克

品相甚佳現藏農夫

山房背文十即卜

二〇一四年秋得自保利拍賣會

丙申秋黄錫全

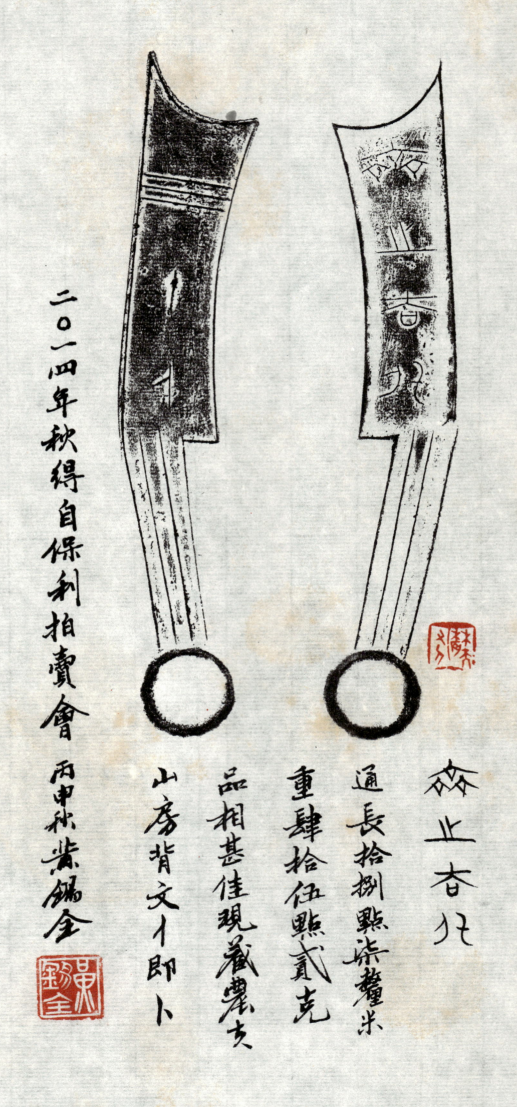

紅斑綠銹文字細挺

齊之法化

通長拾捌點伍釐米

重肆拾肆點玖柒克

背文亻即卜

二〇二二年自加拿大回流

黃錫全

齊之法化

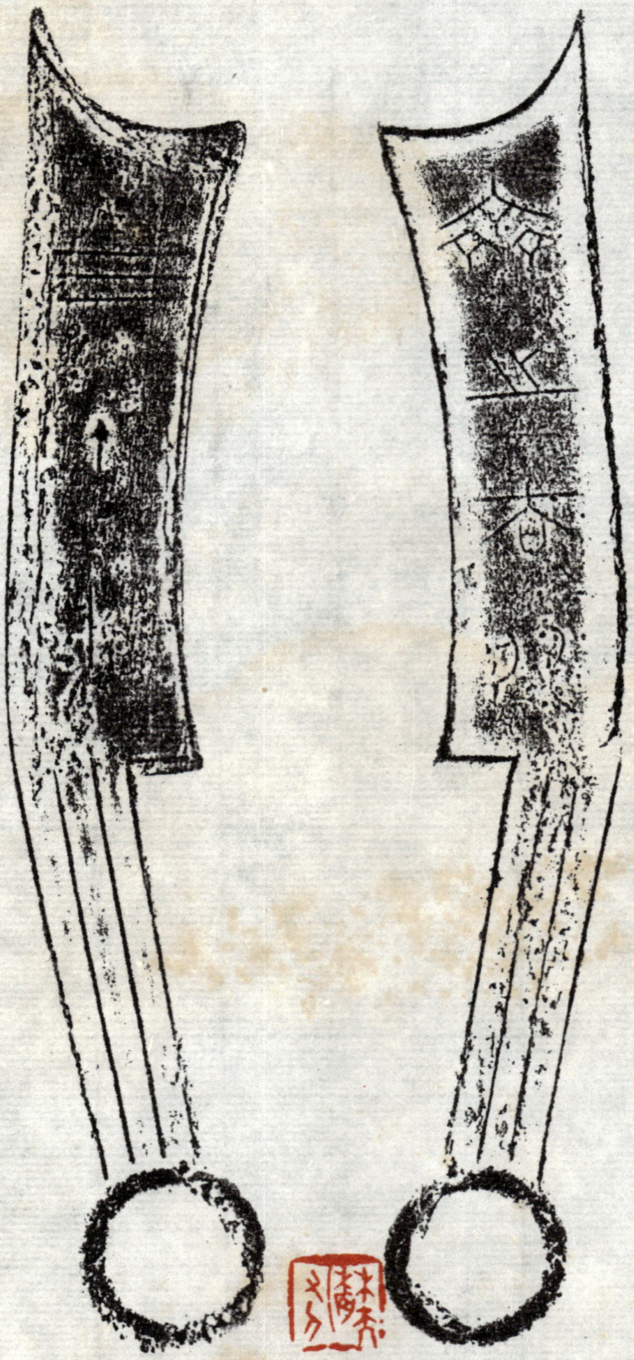

二〇一六年壽光出土同出齊三字刀千餘把

未見六字刀同出

通長一八·四釐米

重四五·四三克

孫永行先生收藏

丁酉春月黃錫全

節墨之杏刀

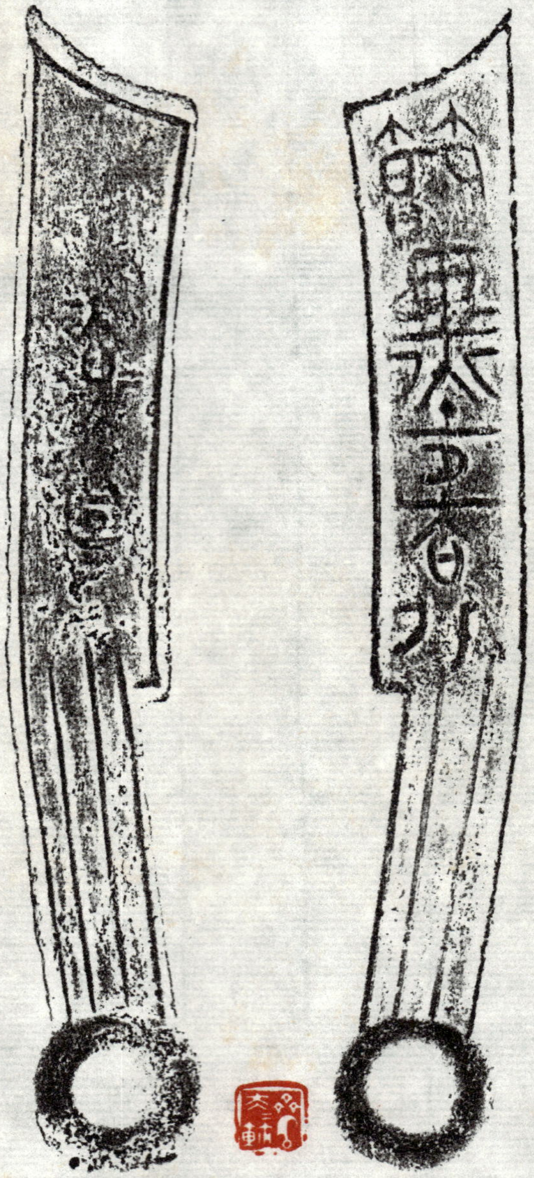

二〇一四年得於北京
出地不詳生坑綠鏽
通長一五·八釐米
重四二·五一克
背文杏：甘之杏旁有兩點少見面背文字粗壯
丙申黃錫全

節墨之杏北　傳二〇〇九年出自齊都臨淄

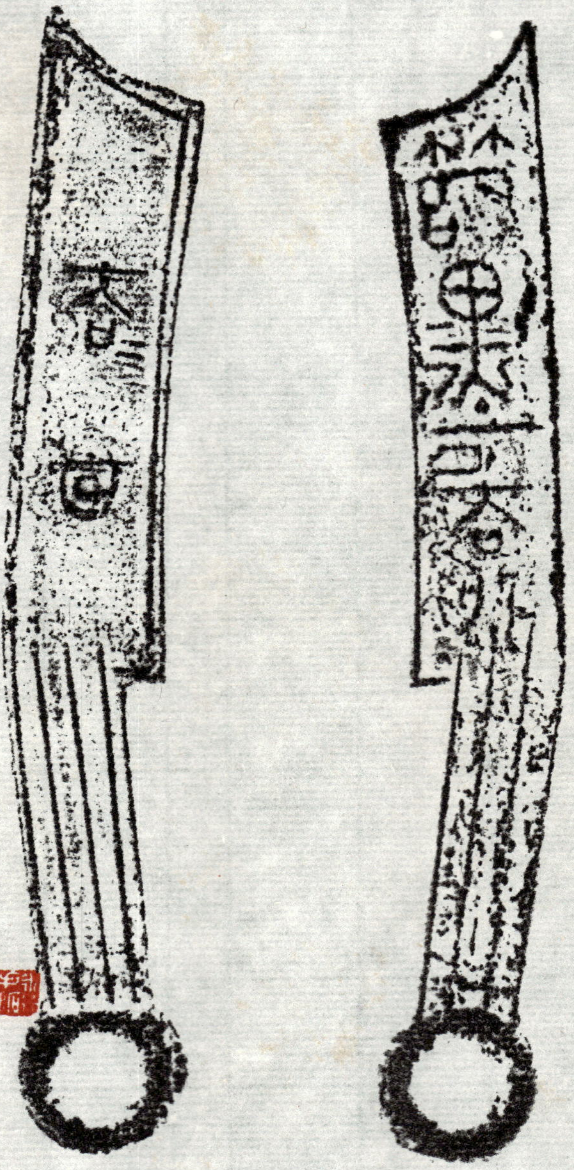

通長一五·八釐米

重四〇·五克

背文杏旁三字見疑

為移範所致

杏回即大昌

丁酉春月黃錫全於無為齋

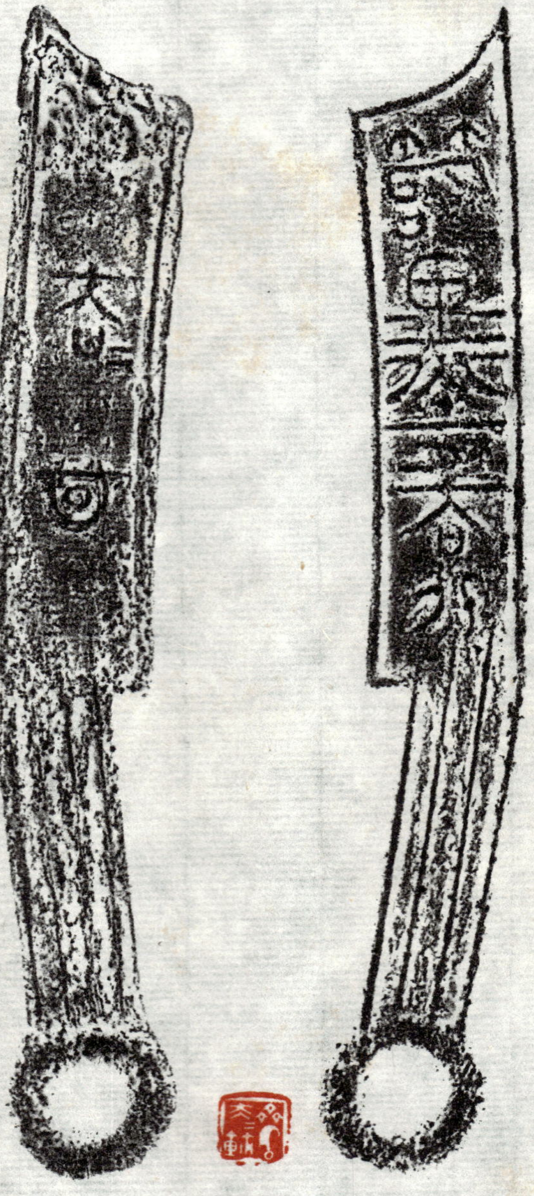

是刀傳早年出自泰安汶河二〇一四年得自北京保利拍賣會
刀身粘有砂粒
通長一五·八釐米
重四〇·四克
中國歷代貨幣大系先秦
卷二五七二號與此類同
背文杏〻甘立杏旁有兩點已有數見值得留意
黃錫全

節墨之大刀 二〇二三年傳出山東臨沂市沂河

背文大

通長一五・五釐米重三九克

黃錫全

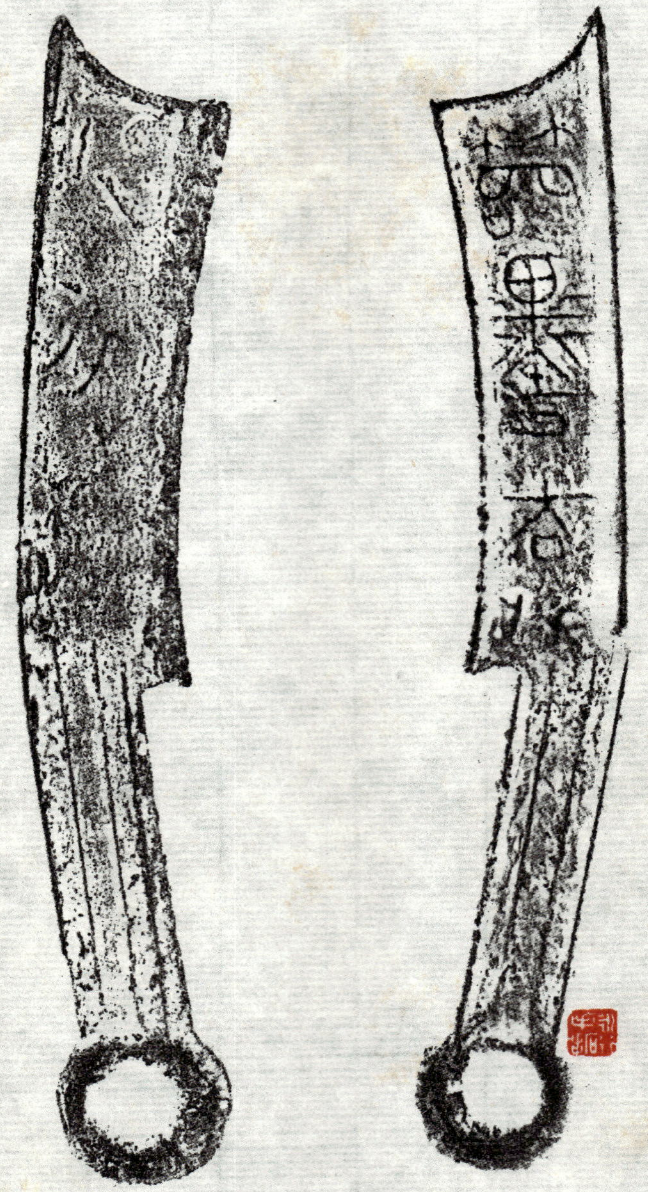

節墨大刀　長一五·八釐米重三三·八克

丙申秋月

黃錫全於

無爲齋

二〇〇八年傳出山東諸城郊外蔡夫山房收藏

背文化當爲杔少見而三字刀中易見

二〇〇四年得自香港刀體較輕薄重二六．一三克

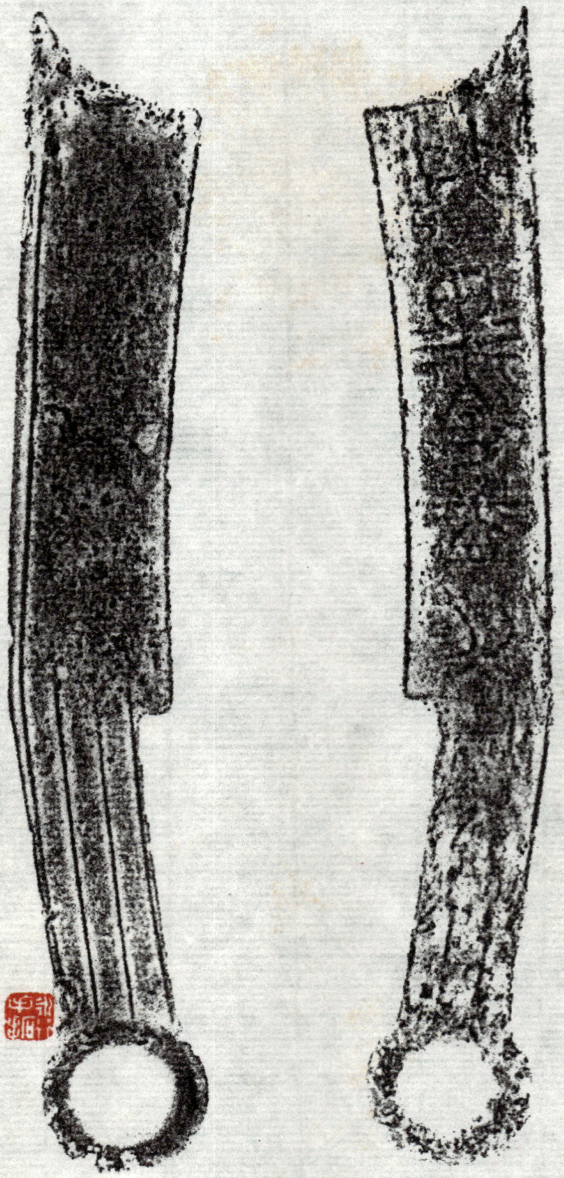

節墨之法化

背文乚少見文字不够清晰

丙申夜黃錫全

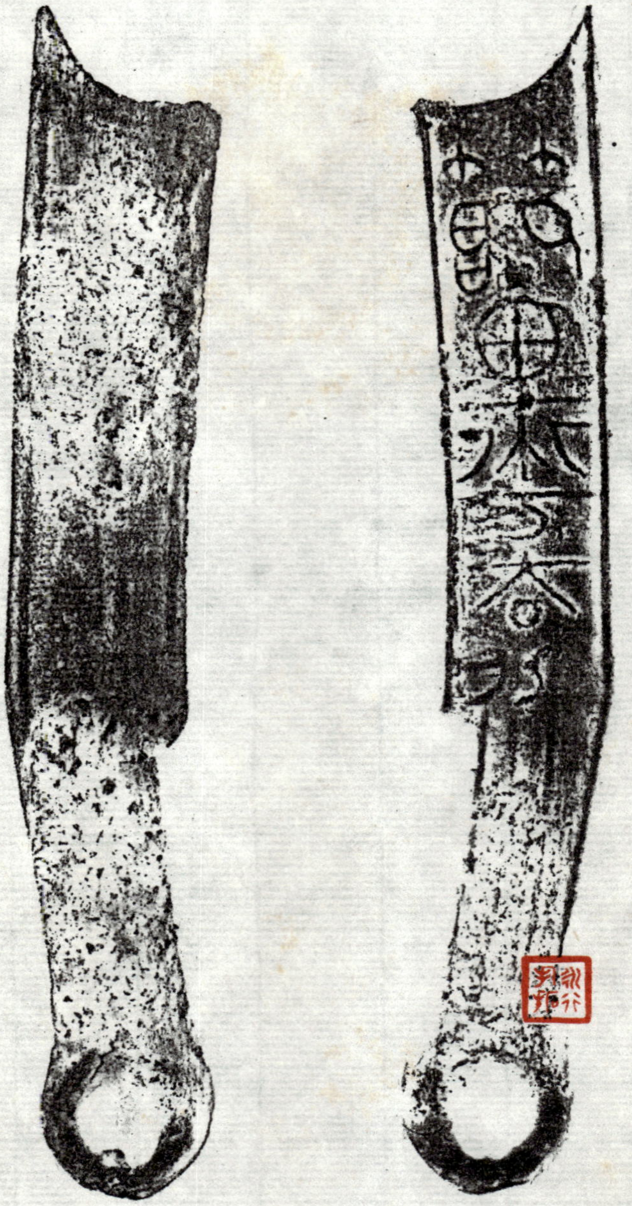

齊國四字刀

二〇〇七年秋傳出臨淄
墓葬刀形寬大觀藏
齊國文字博物館
長一六、四釐米
重三八、五克
背文一於同類刀中罕見

蕭錫金

即墨大刀 傳世老生坑一九九二年出現臨沂後多次轉手現歸畢夫山房

通長一五·七釐米

重三五·八克

第一字上部左筆不清

黃錫全

背文工 上海博物館即墨博物館有收藏

面文較清晰化字作𠤎

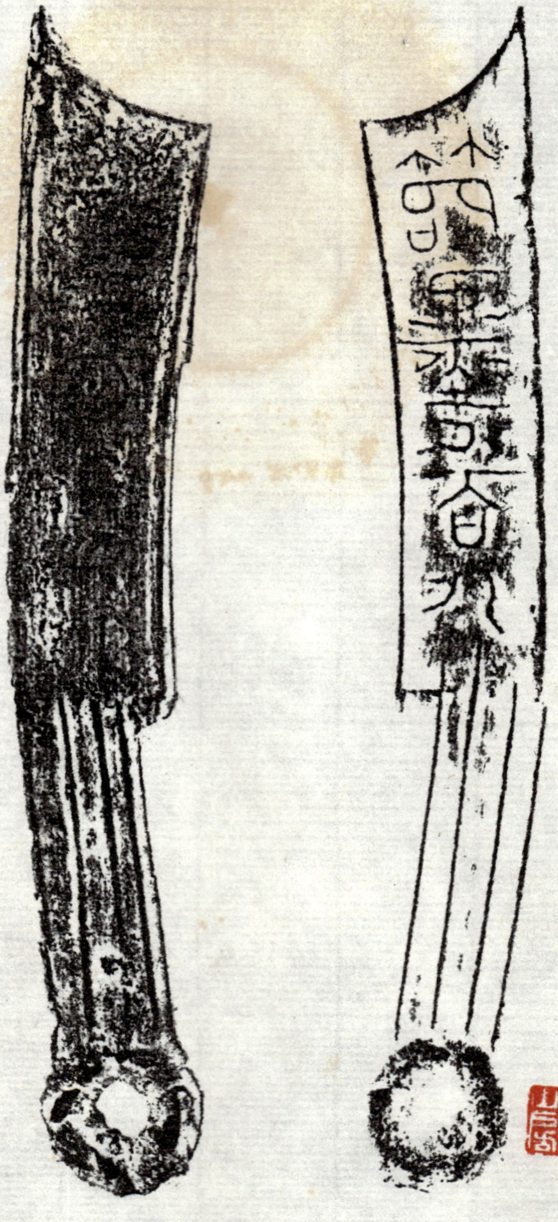

是刀通體未打磨
刀環刀棟流銅明
顯長一六·三釐米
重三二·四克

節墨法化 背文◎似璧或釋日或釋辟

黃錫全

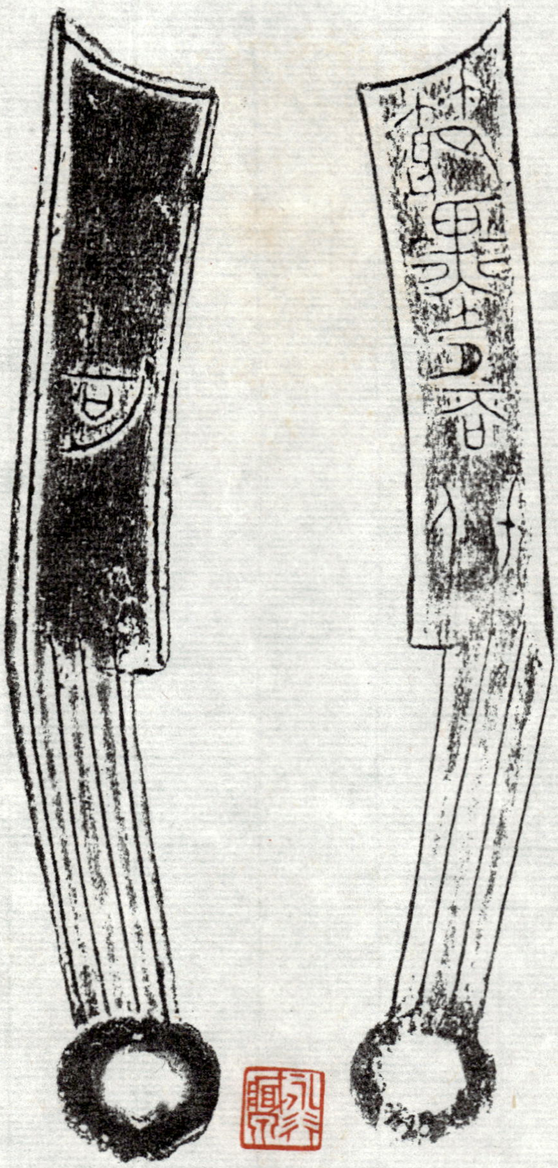

節墨否化

傳一九九一年出自山東莒縣

是刀文字細勁鑄造精良通長一五・四釐米重三二・六克背文可似可見於三字刀通長一五・四釐米

丙申秋黄錫全

節墨大刀

二〇一二年得自北京 早年傳出山東平度

重三六・八克

通長一五・四釐米

首寬二・四釐米

身寬二・二釐米

環徑二・三五釐米

環厚〇・二五釐米

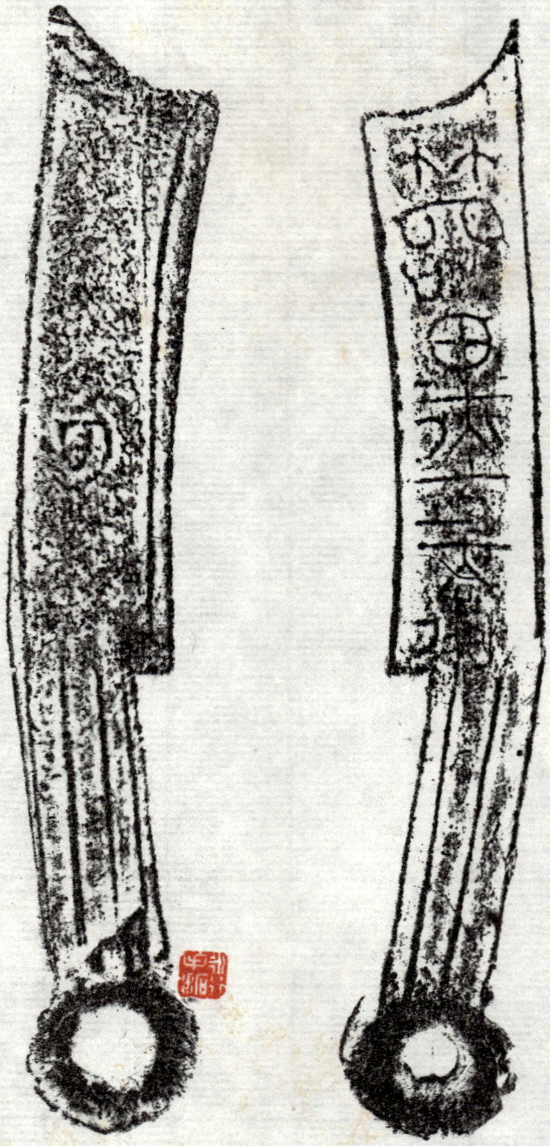

背文冋似司或昌

丁酉春於吾爲齋黃錫全

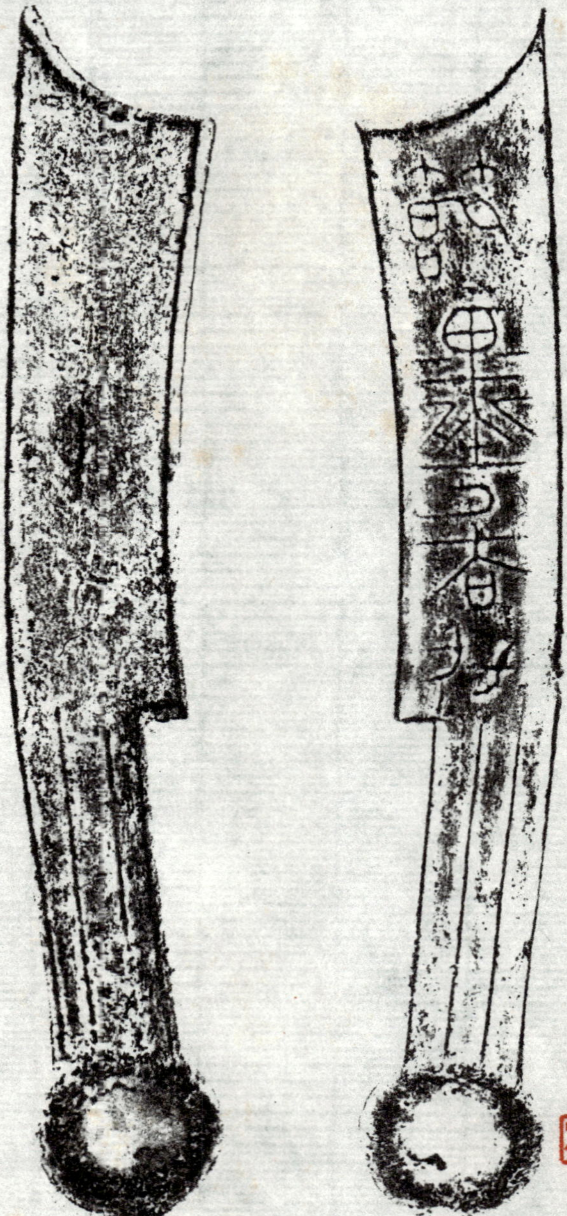

節墨之大刀

二〇一六年傳出臨淄

長一四・三五釐米

重二八・六四克

刀體輕薄

背文卜即卜

丙申春月黄錫全

傳世老生坑刀外緣斷腊明顯通身紅斑銹環外側
工整內圈不圓重三〇·八克通長一五·九釐米

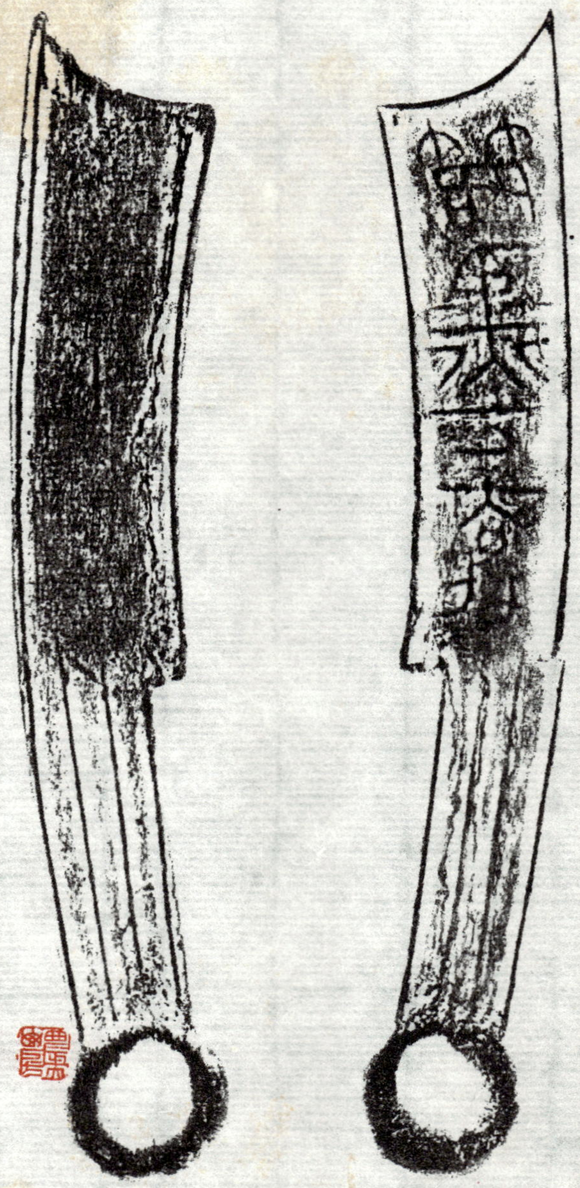

中國歷代貨幣大
系先秦卷二五六
八號與此枚類同
重三九·五克

節墨之大化背文十二〇〇八年得自香港

黃錫全

節墨之大刀

一九九二年出自平度

刀背脊線未連至刀首

通長一五·五釐米

重三二·九克

背文丨不詳其意

丙申黃錫全

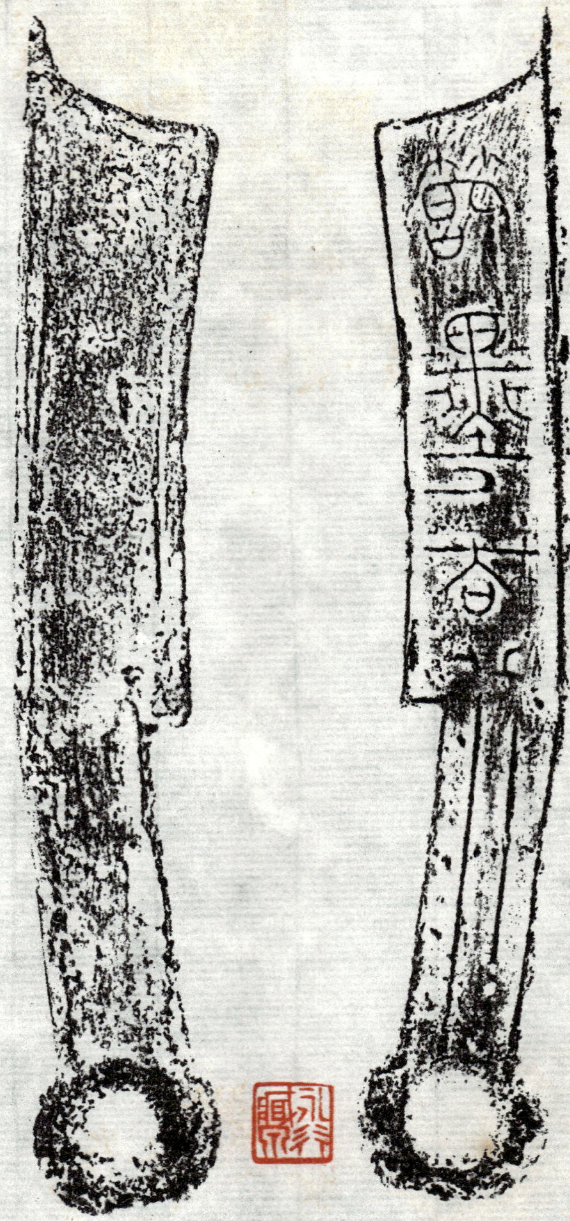

二〇一三年拍自華夏古泉網生坑綠鏽首尖文字細勁

節墨之大刀

通長一六、二釐米

重三八、一克

背文一其意待定

黃錫全

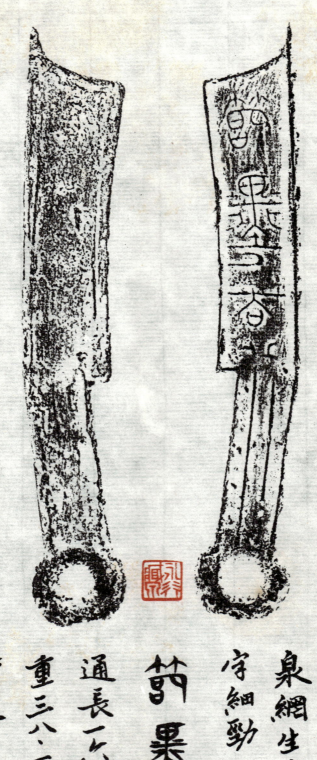

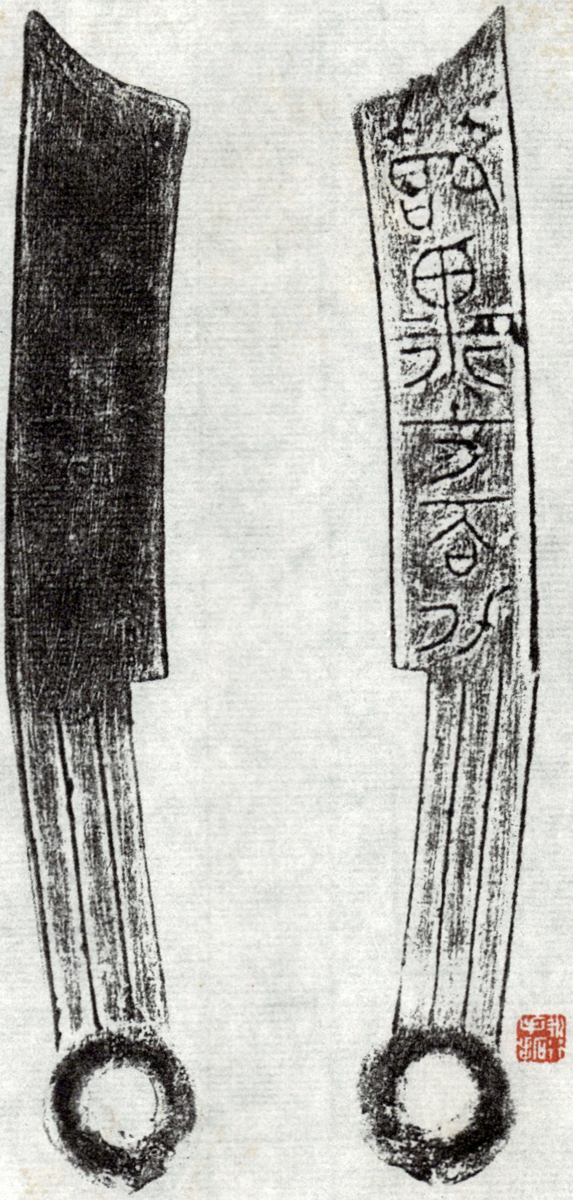

即墨大刀

通長一六釐米

重二七、三三克

傳世品二〇一五年

自日本回流

背面三豎文橫線疑後人所刻 丙申黃錫全

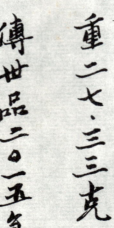

節墨大刀

二〇〇七年傳出山東桓臺

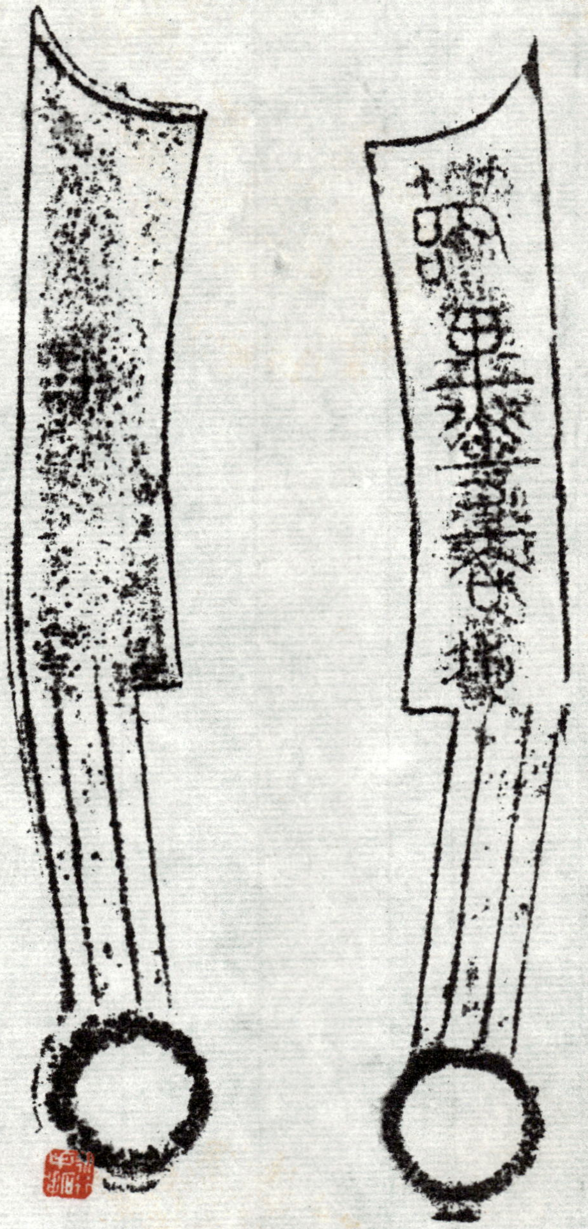

通長一六・二釐米

重三三・八克

背文十即七

是刀環徑較大

丁酉春黃錫全

節墨之大刀

是刀出處不詳文字工整高挺環較大

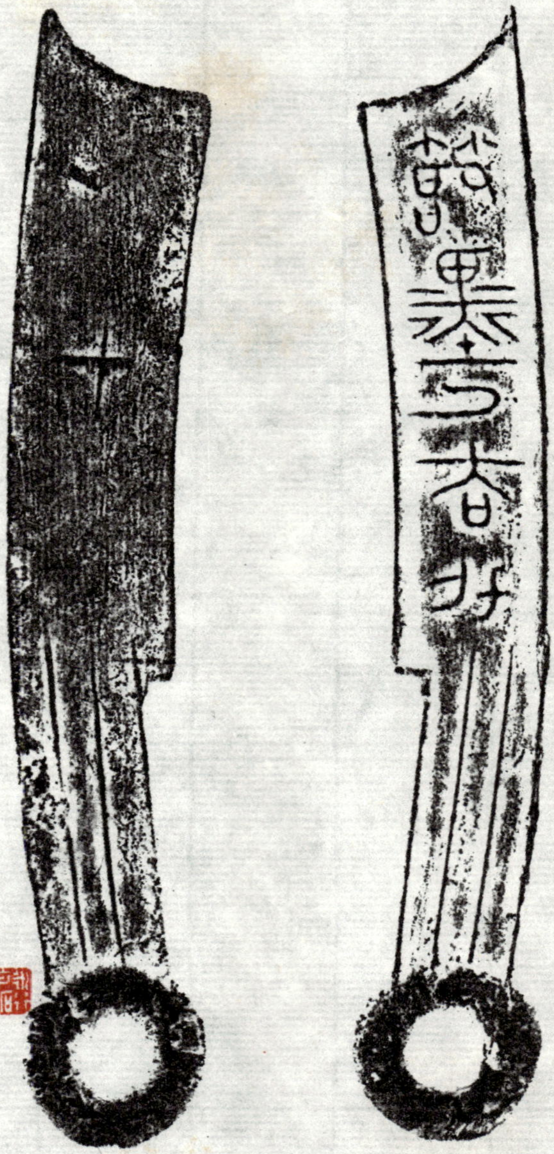

通長一五·六釐米
首寬二·四釐米
環徑二·五釐米
環厚〇·三釐米
刀身寬二·二釐米

背文十爲七
重三二·三六克

丁酉春月黃錫全于無爲齋

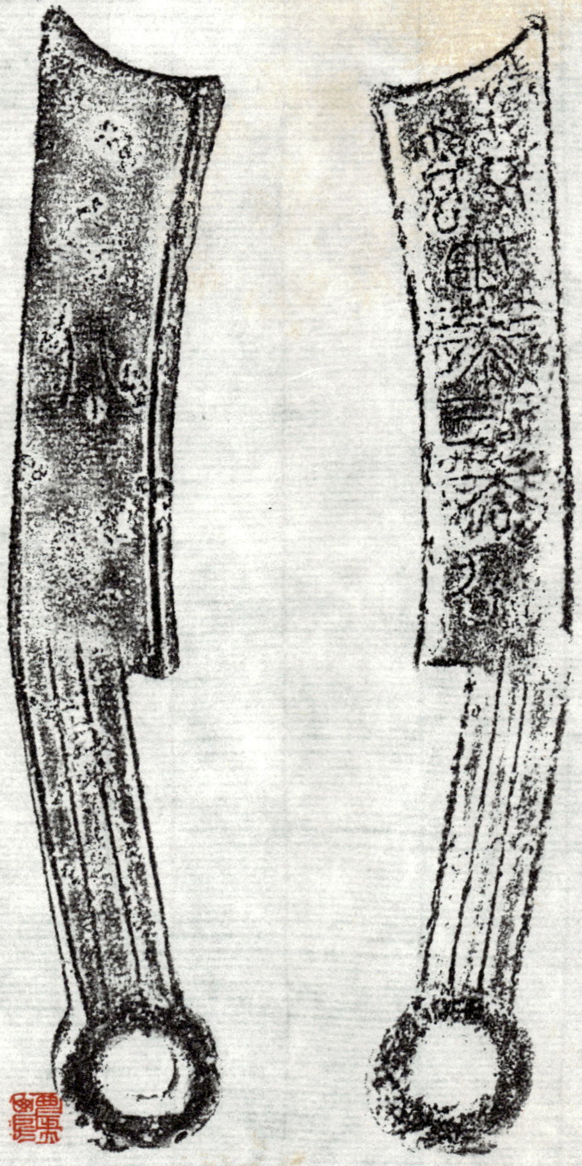

節墨之大刀 背文八即八

二〇〇三年傳出山東壽光通長一五、五釐米重二八、六五克文字較細

丙申春黃錫全

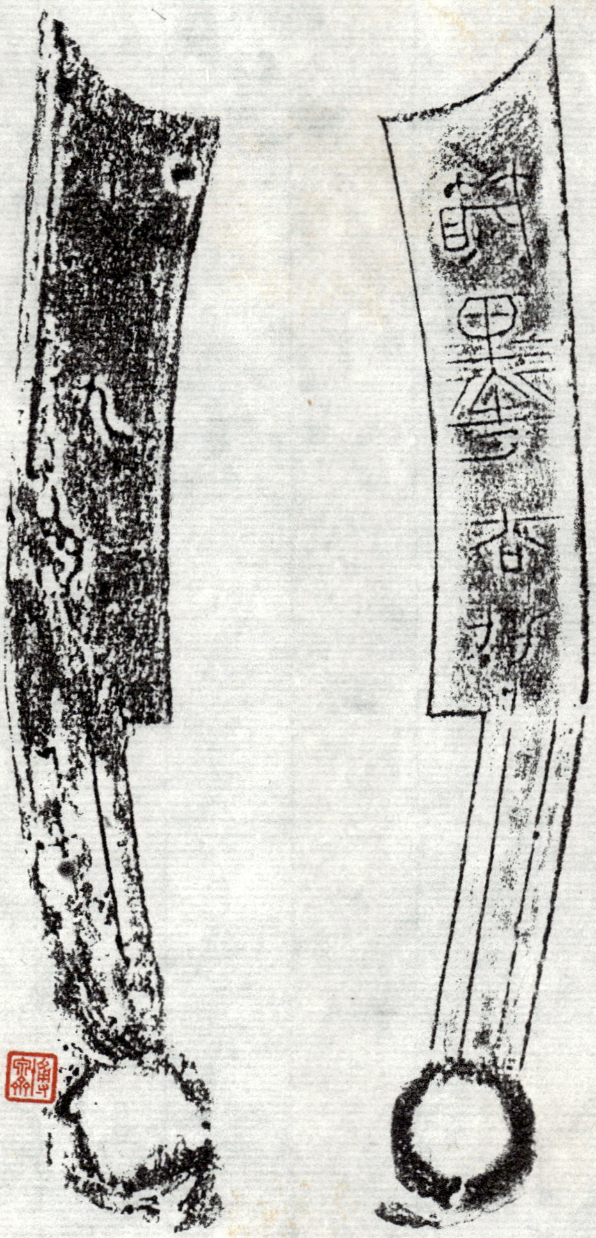

莭墨夻犴

背文九見中國歷代貨幣大系先秦劵二
五五七號一九八九年出自
昌邑文字流暢精美刀
棅刀環流銅未打磨
通長一六·五釐米
重三一·一克

丙申秋月嵩錫金

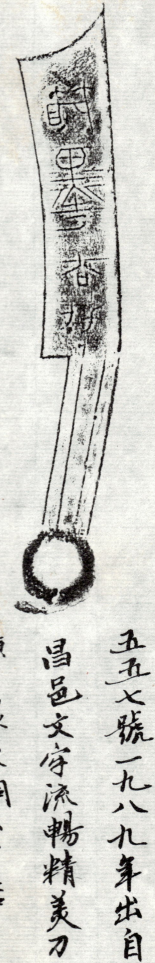

節墨厺化　背文乇或釋匕或釋刀

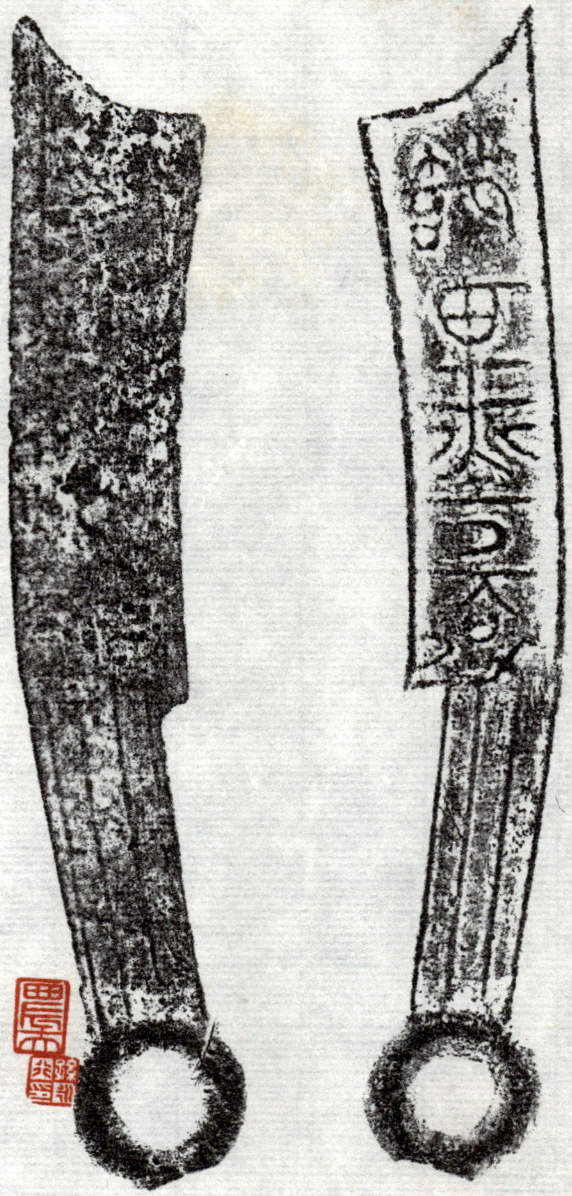

是刀早年自日本回流

通長一六·一釐米

重三八·四三克

第二字特大

與中國歷代貨幣大系先秦卷二五五八號類同

黃錫全

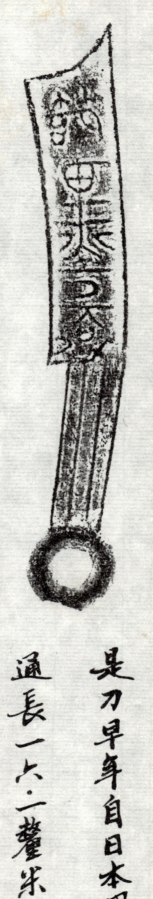

節墨之法化

山東陳旭藏品早年得自北京報國寺

通長一五、五釐米

重四一、九克

背文不清似刀

丁酉黃錫全

錫全鑑賞

節墨之大刀傳一九九五年出自平度青州丁昌五舊藏

現歸農夫山房是刀

品相極佳難得一見

通長一六·二釐米刀首刀

環均為二·六釐米

重三六·一克

背文𠃌或釋匕或釋刀

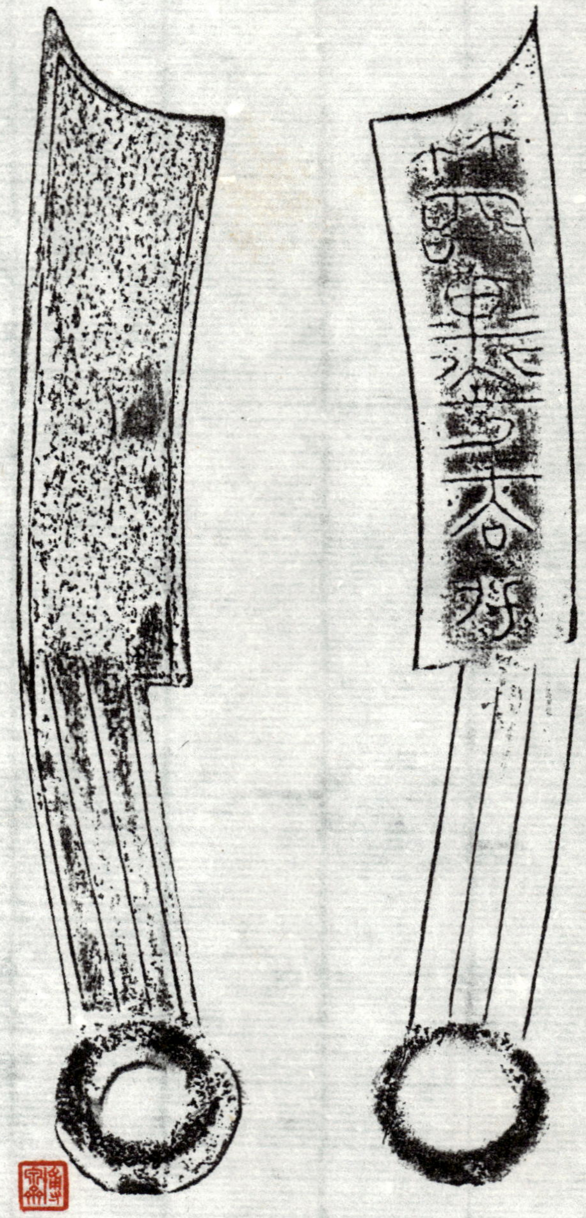

丙申夏月黃錫全書

節墨之大刀 傳出山東平度一九八九年得自高密

是刀鑄作精良應

爲早期鑄幣

通長一六釐米

重三五·六克

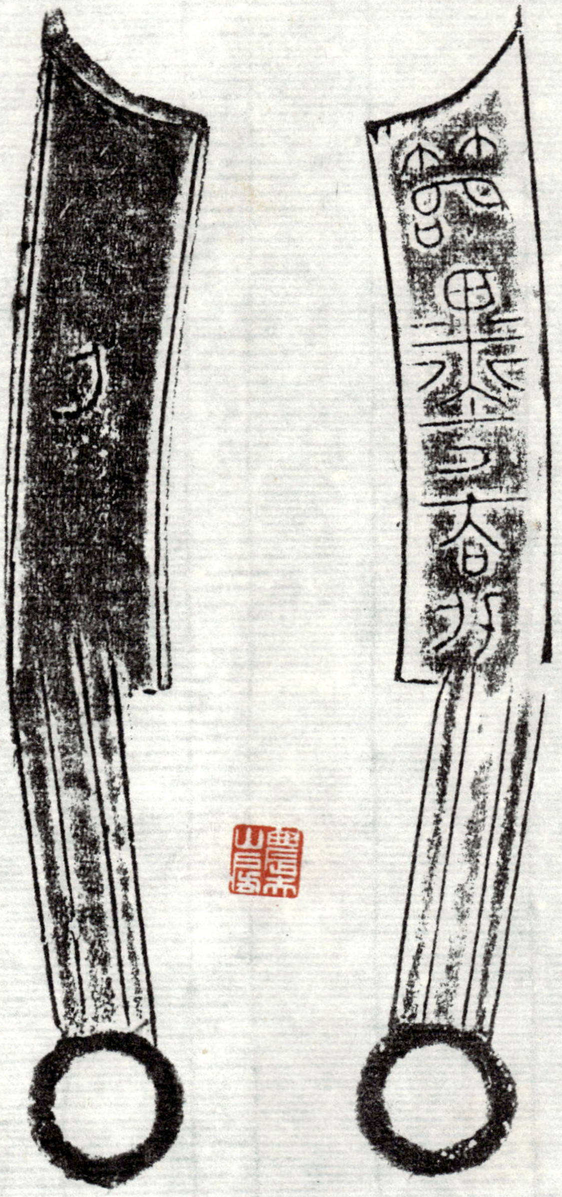

背文一刀

無爲齋識

齊小四字刀

背文卜其意不明

是刀製作精良文字規範工整刀尖小闕通體水銀浸通長一六·二釐米重四三·九克出地不詳二〇〇七年得自高密

丙申老姜爲齋

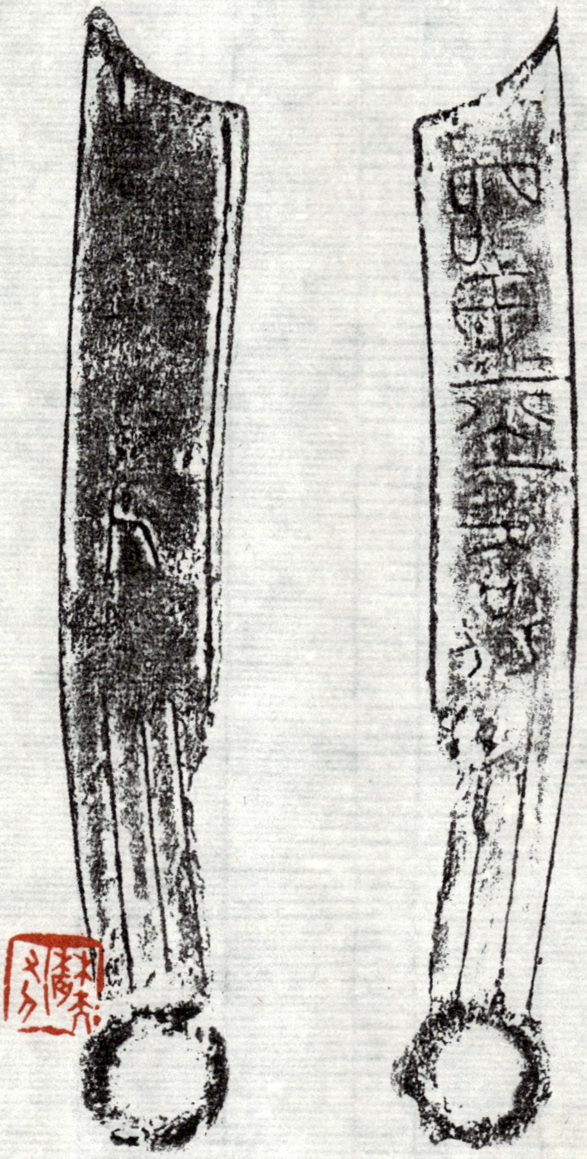

節墨之大刀

早年得自北京嘉德拍賣會

是刀身長柄短環

偏平長一五·六釐米

重二二克

背文卜前譜有錄

丙申年夏黃錫全

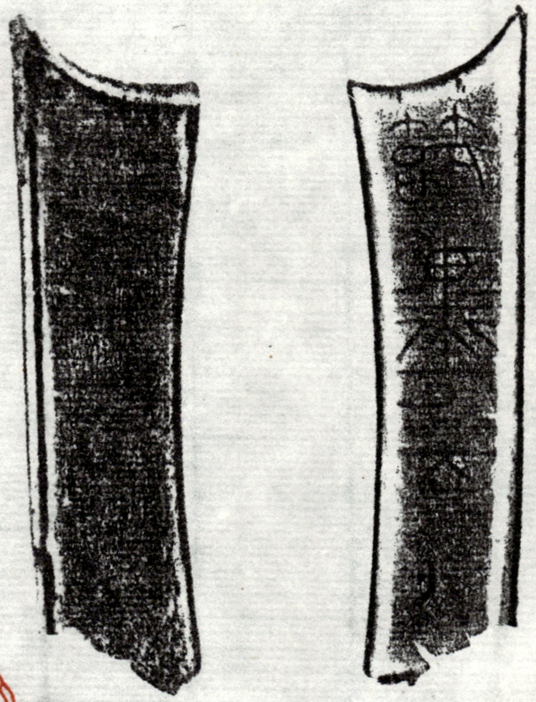

即墨四字小刀

傳是刀早年爲濰坊陳氏舊藏

後流出殘長九·一釐米殘重一八·七

五克刀身較窄首寬二·一釐米

刀身中寬一·八釐米

背面無文面文死字較小

丙申夜紫錫金

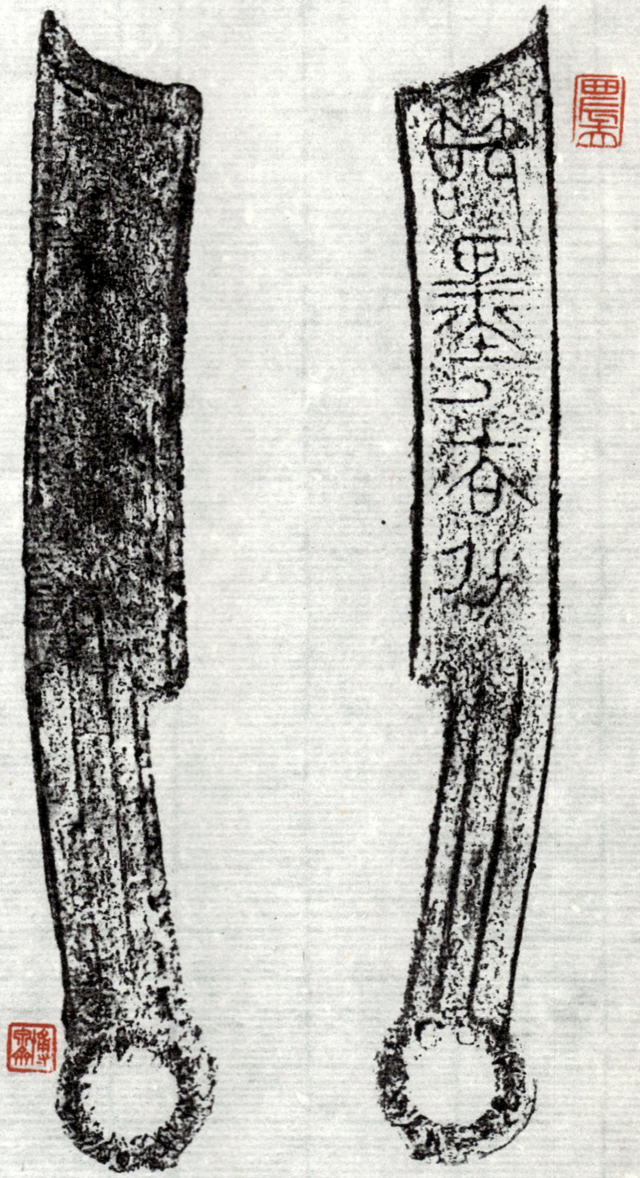

節墨夻化

傳出自濟南西郊
早年得自青島光背
無文刀身細長輕薄
長一五·九釐米刀首刀
環均為二·三釐米
重二六·三克

黃錫全

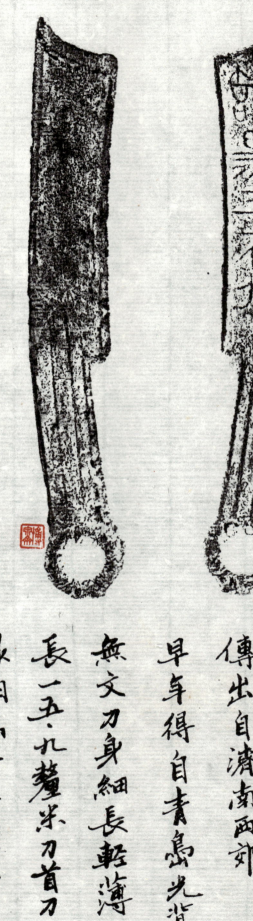

節墨之杏化

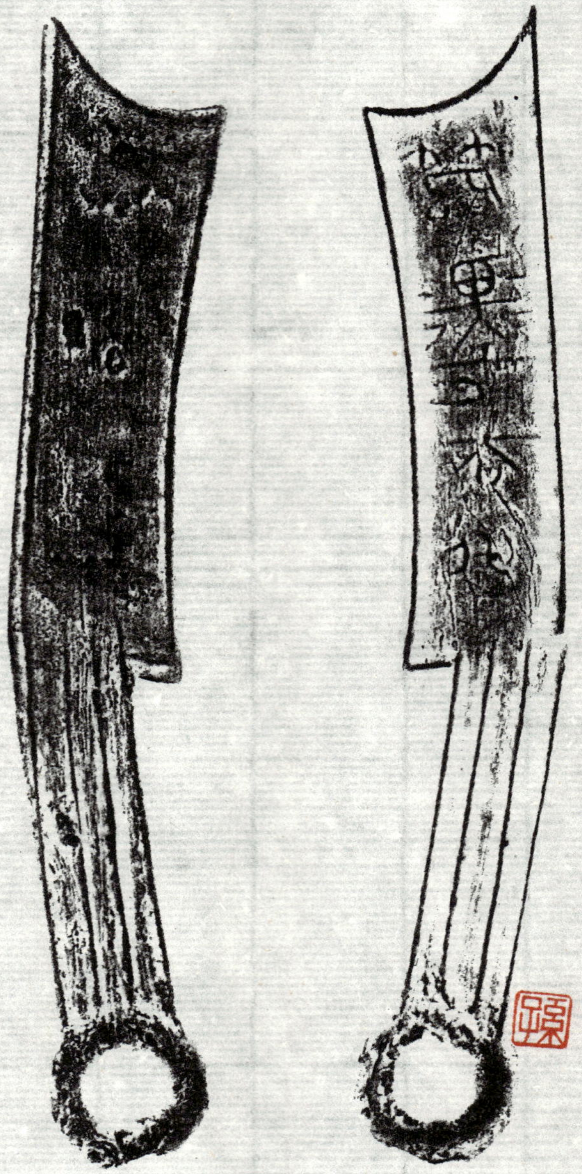

是刀鑄作工整出地不詳二〇一四年獲得

文字佈局與衆

刀有別杏化二字

較小且靠上方矣

觀疎朗工整

背面無文通長一五·七釐米重三〇·八六克

蕭錫全

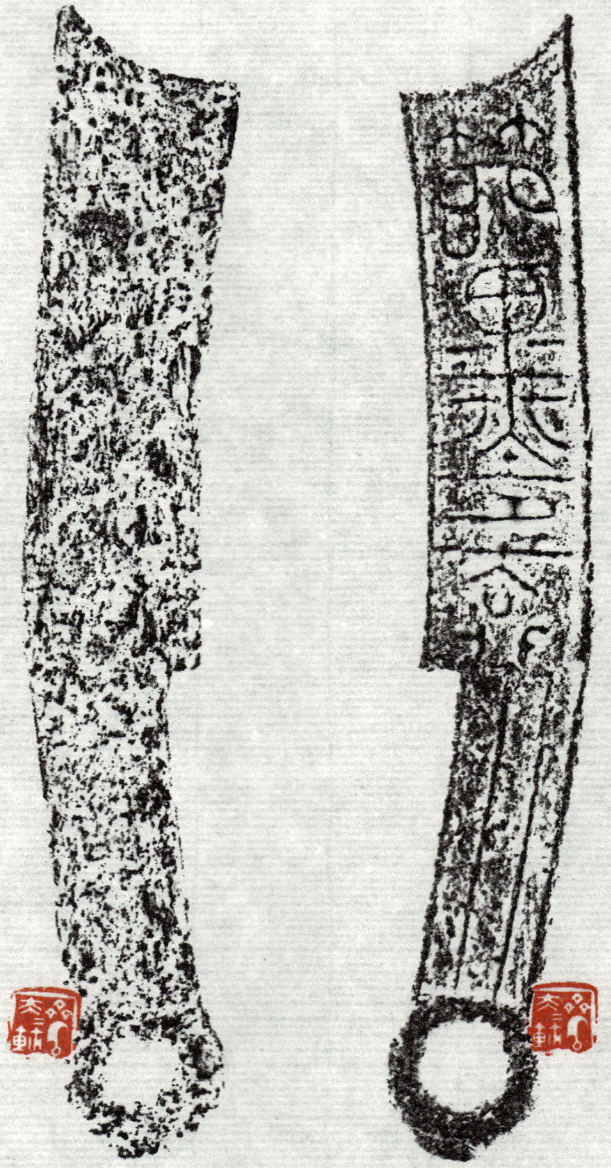

節墨法化

刀體寬大面文
化字較小背面無
文通長一五・六釐米
重三六・三八克
二〇一五年得自北京
拍賣會

丙申黃錫全

黃錫全

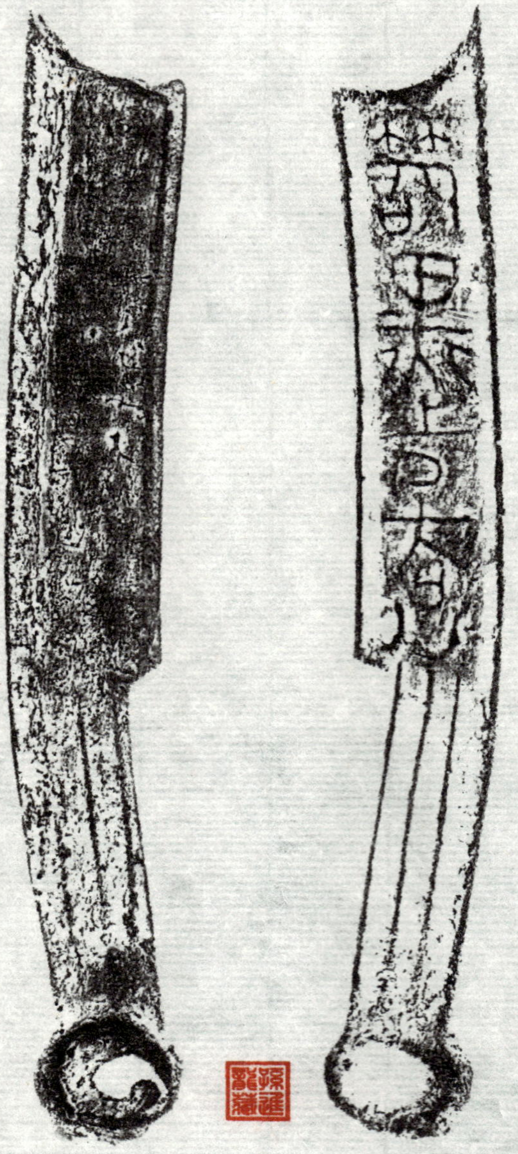

是刀二〇一五年自上海拍得刀窄體厚刀環於同類刀中最小
環徑二釐米通長一五.五釐米重三三.二二克背面無文

丙申春月

黃錫全

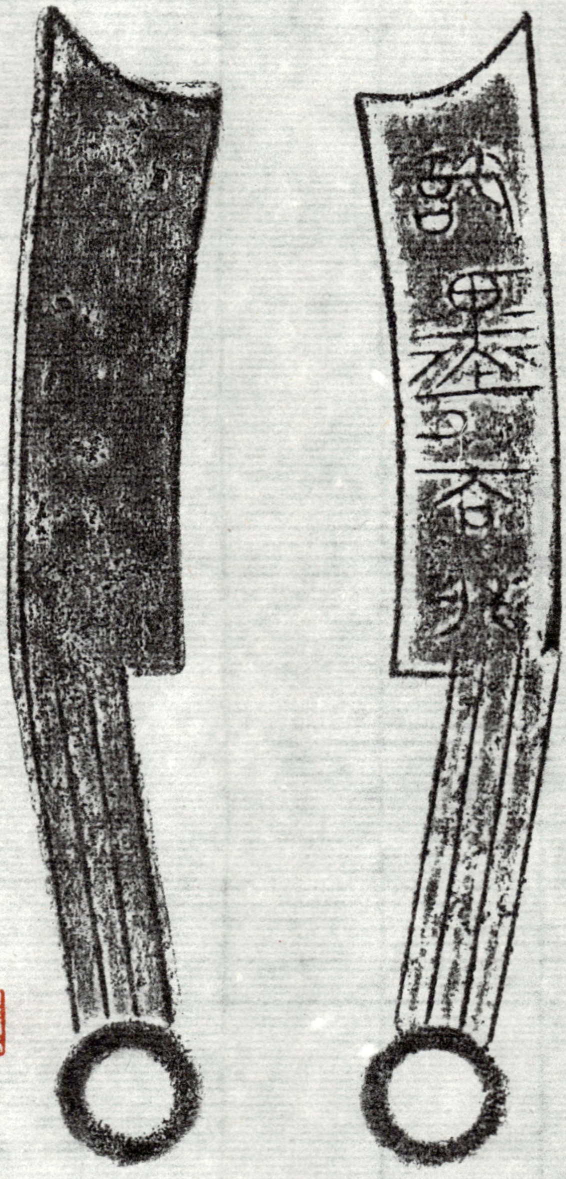

節墨之大刀

臺灣劍花樓舊藏二〇一三
年歸農夫山房
光背無文刀寬大刀環
工整外緣斷腭明顯
重三二·八克
通長一五·六釐米

丙申春月黃錫全

節墨之大刀 背面無文

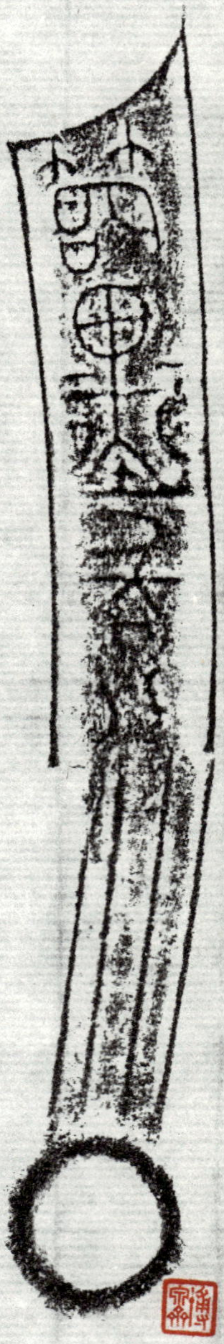

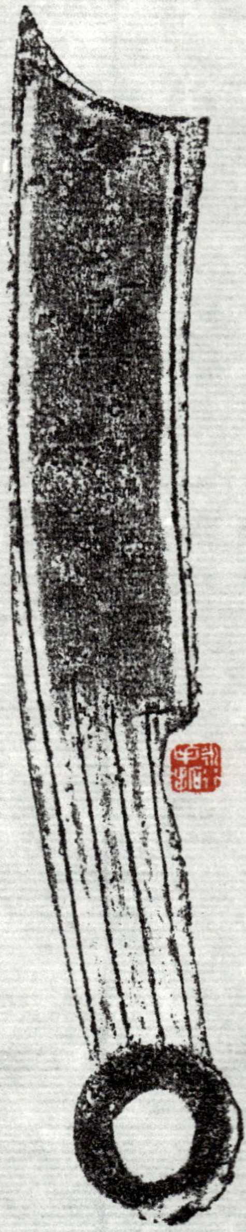

傳世品二〇一二年得自北京嘉德拍賣會前兩字細挺後兩字較粗厚重型重五三·九克通長一五·七釐米

丙申冬月黃錫全於吾為齋

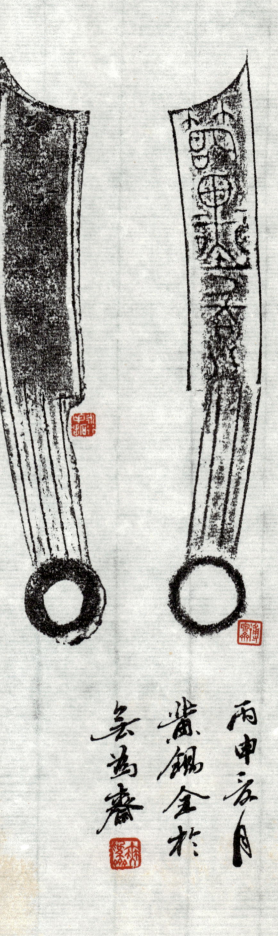

是刀水坑鐵鏽二〇二二年傳出臨沂沂河刀身平整厚重

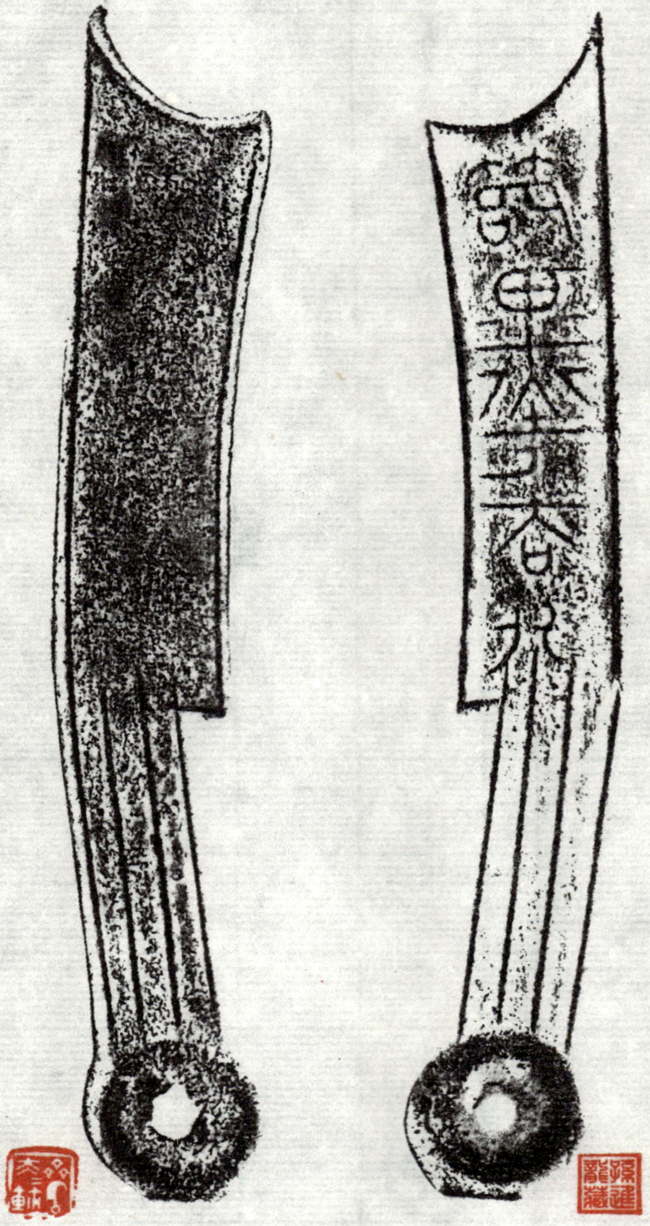

節墨之法化

通長一八・三釐米首寬二・三二釐米重三九・〇八克背無文

黃錫全

節墨杏化

傳早年出自青州一九八九年得自北京
早期寬大型文字高
挺鑄作工整樸面背
綠銹粘細沙粒
長一五·九釐米
重四五·四克

背無文品相極佳

丙申冀錫金

頁碼	面文	背文	背文釋讀	通長（毫米）	重量（克）	徵集時間和地點	備注
一〇			大昌	一八一	四五點一四	二〇一四年得自嘉德拍賣會	存世少見
一一	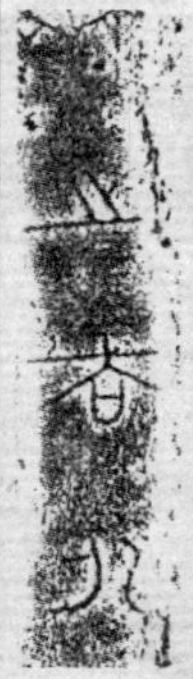		大昌	一八六	四五點六	傳二〇〇四年壽光紀臺出土	存世少見 背文小字
一二			大昌	一九一	四七點七	傳一九八七年高密出土	背文文字寫法少見
一三			大昌	一九〇	四〇點五二	傳二〇一三年臨淄出土	面文細字少見
一四			大昌	一八七	四五點二	二〇一一年得自景星麟風拍賣會	背文小字
一五			刀	一八五	四三點九	二〇一三年購入，臺灣劍花樓舊藏	背文大字少見
一六			刀	一八八	四五點一	二〇〇三年誠軒拍品	刀型寬大少見
一七			刀	一八五	四二點三	二〇一三年購入，臺灣劍花樓舊藏	背文小字
一八			△ 日或壁	一八三	三九點一	二〇一〇年日本徵集	未見收録 背面刻『△』
一九			日或壁	一八九	五〇點八	二〇〇五年青島徵集	
二〇			日或壁	一八七點八	四七點一八	傳二〇〇四年壽光出土	面文細字 背文高挺

頁碼	面文	背文	背文釋讀	通長（毫米）	重量（克）	徵集時間和地點	備注
三二			卜	一八六	四七點五	傳二〇〇四年壽光出土	『齊』字寫法少見 背文大字
三三			卜	一八七	四九點一	二〇一四年自日本回流	
三四	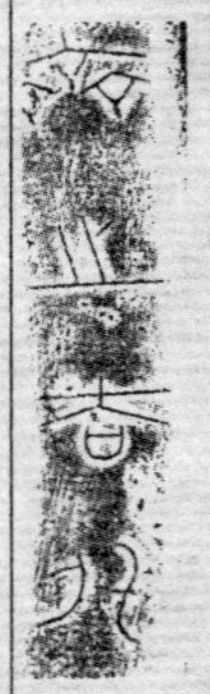		卜	一八七	四五點二	二〇一四年得自保利拍賣會	
三五			卜	一八五	四五點三	二〇一四年購自臺灣	刀文高挺
三六			卜	一八五	四四點九七	二〇一二年自加拿大回流	山東孫進龍藏
三七			卜	一八六點五	五〇點四	傳二〇一六年壽光出土	
三八			卜	一八四	四五點四三	傳二〇一六年壽光出土	
三九			大=昌	一五五	四六點一五	傳二〇〇二年臨沂沂河出土	目前已知八枚 山東孫進龍藏
四〇		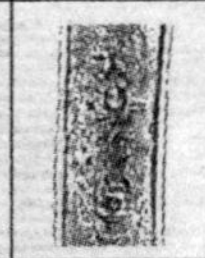	大=昌	一五八	四二點五一	二〇一四年得自北京	目前已知八枚
四一		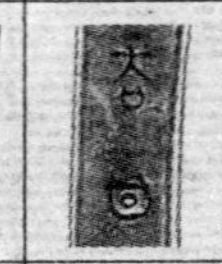	大=昌	一五六	四七點三	二〇〇六年徵集	目前已知八枚
四二			大=昌	一五八	四〇點五	傳二〇〇九年臨淄出土	目前已知八枚 山東陳旭藏

頁碼	面文	背文	背文釋讀	通長（毫米）	重量（克）	徵集時間和地點	備注
五四		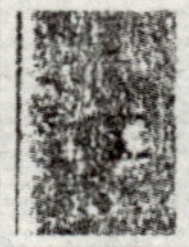	工	一五七	三五點八	傳一九九二年臨沂出土	收録有二品 背文少見
五五			上	一六二	三〇點九	傳二〇〇九年得自高密	收録有二品 背文少見
五六			日或璧	一六三	三二點四	傳二〇〇四年諸城出土	背文少見
五七			日或璧	一六一	三六點四	傳爲日本回流品	背文少見
五八			可或昌	一五四	三二點六	傳一九九一年莒縣出土	面文特別 背文難見
五九			昌	一六二	三三點三	傳二〇〇三年安丘出土	背文難見
六〇			可或昌	一五四	三六點八〇	傳二〇一二年得自北京，傳平度出土	山東和錫永藏
六一			可或昌	一五七	三五點五	二〇〇五年得自香港	
六二		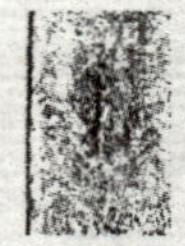	似爲卜	一六三点五	二八點六四	傳二〇一六年臨淄出土	未見有録
六三			卜	一五八	二九點二	傳二〇一三年章丘出土	背文難見
六四			草	一五九	三〇點八	二〇〇八年得自香港	山東孫進龍藏

頁碼	面文	背文	背文釋讀	通長（毫米）	重量（克）	徵集時間和地點	備注
七六			八	一五五	二八點六五	傳二〇〇三年壽光出土	未見收録
七七		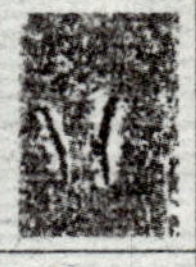	倒八	一六一	三九點八四	出處不詳，早年東營毛氏所藏	山東孫進龍藏 背文僅見
七八			疑爲九	一六五	三一點一	傳一九九八年昌邑出土	背文僅見
七九			十	一六〇	三五點一	傳二〇一二年臨淄出土	背文難見
八〇		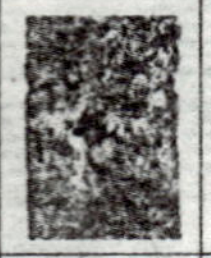	七或刀	一六一	三八點四三	自日本回流	背文難見
八一			七或刀	一六一	三六點四	傳二〇〇二年臨沂出土	面文特大 背文難見
八二			似爲刀	一五五	四一點九	早年得自北京報國寺	山東陳旭藏
八三			（）	一五八	三三點五	傳一九九六年臨淄南馬村出土	未見收録 背文僅見
八四			七或刀	一六二	三六點一	傳一九九五年平度出土，青州丁昌五舊藏	現農夫山房藏
八五			||刀	一六〇	三四點三七	二〇一四年自日本回流	未見收録 僅見品
八六			一刀	一六〇	三五點六	一九八九年得自高密，傳平度出土	未見收録 僅見品

頁碼	面文	背文	背文釋讀	通長（毫米）	重量（克）	徵集時間和地點	備注
九八			无文	一五六	三六點三八	二〇一五年得北京拍賣會	『墨』字寫法特大
九九			无文	一五七	三七點一七	二〇〇〇年購入，出處不詳	
一〇〇			无文	一五五	三三點二二	二〇一五年上海拍得	刀環特小
一〇一			无文	一五九	三五點九	傳二〇〇三年大汶口出土	
一〇二			无文	一五六	三二點八	二〇一三年購入，臺灣劍花樓舊藏	『刀』字寫法少見
一〇三			待考	一五九	三七點一	出處不詳	『刀』字寫法少見山東徐克藏
一〇四			无文	一五七	五三點九	二〇一二年得自北京嘉德拍賣會	寬大厚重
一〇五			待考	一六三	三六點五	傳二〇〇三年臨淄出土	
一〇六			无文	一六三	三九點〇八	傳二〇一二年臨沂沂河出土	山東孫進龍藏
一〇七			无文	一五八	三五點六五	出土時間不詳，早年流入濟南	通體黑漆古品相極佳
一〇八			无文	一五九	四五點四	傳早年青州出土，一九八九年得自北京	『刀』字寫法少見鑄造面文高挺